정글의 아들
쿠메
와와

이 도서의 국립중앙도서관 출판시도서목록(CIP)은
e-CIP홈페이지(http://www.nl.go.kr/ecip)와
국가자료공동목록시스템(http://www.nl.go.kr/
kolisnet)에서 이용하실 수 있습니다.
(CIP제어번호:CIP2012000583)

담쟁이 문고

정글의 아들 쿠메와와

티보르 세켈리 지음
장정렬 옮김 · 조태겸 그림

실천문학사

차례

아마존에 빠져들다

—정글에서 만난 꼬마 철학자

유람선이 어딘가에 부딪치며 심하게 요동쳤다.

어떤 사람은 갑판 바닥에 넘어지고,

어떤 사람은 난간에 세게 부딪혔다.

두우웅 두우우웅—

유람선은 남아메리카 브라질의 아마존 강을 지나가고 있었다. 승객들은 너도나도 난간에 몸을 기댄 채 신기한 듯 강 건너 풍경을 카메라에 담기 분주했다.

며칠 동안 지루하게 비를 뿌린 먹구름이 물러가고 물안개가 서서히 걷혀 울창한 숲이 제 모습을 드러냈다. 크고 작은 새들이 맑게 갠 하늘로 훠훠 날아들었다.

"저게 뭐지? 다들 저기 좀 봐!"

주위를 둘러보던 한 남자 승객이 유람선 앞쪽을 보며 나직이 말했다.

"어디? 어디? 뭐가 있는데?"

사람들이 술렁였다.

나도 남자의 손끝이 가리키고 있는 곳으로 고개를 돌렸다. 놀라운 광경이 펼쳐졌다. 저 멀리서 작은 섬들이 무리지어 떠내려오고 있는 것이 아닌가.

'아마존 강은 심술꾸러기라서 폭우가 내리면 강둑 일부가 급류에 잘려 하류로 떠내려가는 경우가 종종 있다더니…….'

섬들은 거센 물살에 밀려 빠르게 유람선으로 다가왔다. 낮은 키의 나무가 있는 섬도 있고 무성한 풀과 큰 바위가 있는 섬도 있었다. 급류가 육지를 마치 퍼즐 조각처럼 흩어 놓은 것 같았다.

"표…… 표범이다!"

갑자기 누군가 소리쳤다.

깜짝 놀란 승객들이 일제히 섬을 쳐다봤다. 선실에서 쉬고 있던 다른 승객들도 황급히 갑판 위로 올라왔다. 승객들은 웅성거리며 저마다 한곳을 가리켰다. 정말 그곳엔 정글에서 가장 크고 사나운 동물, 표범이 있었다.

그 표범은 그동안 내가 알던 표범들과는 조금 달라 보였다. 군데군데 박힌 흑점과 길고 굵은 발톱은 똑같았지만 털이 물에 잔뜩 젖어 마치 목욕을 갓 마친 고양이처럼 초라한 모습이었다.

눈빛에도 두려움이 가득 차 있었다. 고개를 숙이고 납작하게 앉아 있는 표범은 도움을 청하듯 애처로운 표정으로 우리를 바라보았다.

'육지로 헤엄쳐 나오지 못하면 이대로 아마존 강의 검고 세찬 물살에 휩쓸려 죽을 테지.'

내가 이런 생각을 하는 동안에도 표범이 있는 작은 섬은 급류를 타고 멀어져 갔다. 나와 승객들은 표범이 사라진 강 끝을 멍하니 바라보았다.

그때였다.

괴물 비명 같은 굉음이 들렸다.

"끼기긱— 구구궁쿵쿠앙—"

유람선이 어딘가에 부딪치며 심하게 요동쳤다. 어떤 사람은 갑판 바닥에 넘어지고, 어떤 사람은 난간에 세게

부딪혔다. 승객들은 팔을 휘두르며 붙잡을 것을 찾았다. 잠시 후 심하게 요동치던 유람선은 서서히 느려지더니 곧 멈춰 섰다.

유람선 안은 아수라장이었다. 사람들의 고함과 울음소리가 사방에서 들렸다. 사람들은 서로 밀고, 밀리면서 넘어졌다. 그러다가 발에 밟히기도 했다.

방향을 잃고 오른쪽으로 달려가는 사람, 왼쪽으로 달려가는 사람도 있었다. 갑판으로 올라오는 사람, 선실로 내려가는 사람도 있었다.

그들 중 누군가가 다급하게 외쳤다.

"배에 물이 들어온다!"

정말 배 안에 물이 차오르기 시작했다.

"어떡해…… 나는 수영을 못한단 말이야."

아이들의 울음소리가 여기저기서 터졌다. 차가운 강물이 어느새 무릎까지 차올랐다.

항해실에 있던 유람선 선장이 확성기를 들고 갑판 위로 올라왔다. 선장은 흰 턱수염을 만지며 상황을 살피더니 확성기에 대고 말했다.

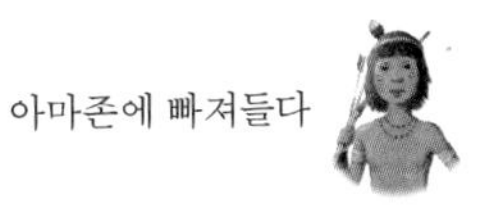

“승객 여러분! 안심하십시오. 위험하지 않습니다. 우리에겐 구명보트가 있습니다. 이제부터 여러분을 차례차례 육지로 안전하게 모시겠습니다. 서로 밀지 말고 침착하십시오. 양보해 주십시오!”

선장이 말하는 동안, 선원 몇 명이 유람선에서 구명보트를 내렸다. 승객들은 구명보트를 보자 조금은 안심하는 눈치였다.

“한 번에 모든 승객이 육지로 대피할 수 없습니다. 먼저 어린 아기를 데리고 있는 여성 승객부터 구명보트에 탑승해 주세요. 그다음에는 여성 승객과 어린이, 마지막으로 남성 승객이 탑승하겠습니다.”

구명보트는 분주하게 유람선과 육지를 오갔다. 점점 가라앉는 유람선에는 이제 열 명 정도의 남자들만 남아 불안한 마음으로 보트를 기다리고 있었다. 그러는 동안에도 강물은 무섭게 차오르고 있었다.

“서둘러 타세요. 곧 배가 가라앉을 겁니다.”

잠시 후, 구명보트가 유람선으로 돌아왔다.

충돌 후 거의 삼십 분이 흐른 뒤에야 남성 승객들이 구명보트에 올라탔다. 선장은 더 이상 유람선에 남은 탑승객이 없다는 것을 확인하고 그제야 선원들과 함께 구명보트에 올라탔다.

우리가 대피한 곳에는 겹겹이 얽혀 있는 나무와 넝쿨로 짙은 그늘이 드리워져 있었다. 물기를 머금은 축축한 땅에서는 찬 기운이 올라왔다. 며칠 동안 내린 비로 물웅덩이들도 많았다.

숲 속에서는 처음 듣는 동물의 울음소리가 들려왔다. 추위와 두려움에 몸이 더욱 으슬으슬 떨렸다. 우리가 고립된 곳은 지구에서 가장 원시적인 땅, 바로 아마존이었다.

"저기 봐요, 우리 배가 점점 기울고 있어요."

사람들은 안타까운 눈으로 유람선을 바라봤다. 결국 유람선은 강 한가운데에 뱃머리만 내민 채 좌초되었다. 선장은 물속 큰 나무둥치가 선체에 구멍을 내었기 때문이라고 말했다.

그나마 다행인 건 구멍을 낸 나무둥치에 유람선이 걸려 더 이상 물속으로 가라앉지 않은 거였다. 하지만 들고 온 여행 가방과 식량들은 물속에 잠겨 있었다. 맨몸으로 이 상황을 어떻게 헤쳐 나가야 할지 막막하기만 했다.

선장은 사람들에게 용기를 북돋아 주기 위해 애썼다.

"여러분! 너무 걱정하지 마십시오. 우리 모두 힘을 함께 모은다면 유람선을 수리해 항해를 계속할 수 있습니다. 기운 냅시다. 용기를 잃지 맙시다."

나는 선장의 말을 다 믿지 않았지만 조금 안심이 됐다.

선원들이 가져온 벌목용 칼로 나무와 풀을 베어 내 넓은 공터를 만들었다. 공터 가운데에 모닥불도 지폈다. 사람들이 모닥불 주위로 모여들었다. 하나둘 젖은 옷을 말리거나 추운 몸을 녹이기 시작했다.

어느덧 해가 뉘엿뉘엿 지고 있었다. 겨우 몸만 빠져나온 탓에 저녁거리 삼을 만한 것도 없었다. 저녁을 굶어야 한다는 생각이 들자, 모두 배가 더욱 고파졌다. 지친 우리는 말없이 모닥불만 바라보았다.

숲에서 들려오는 동물들의 울음소리가 더 크게 들렸다. 저마다 소리가 다른 걸 보니 여러 종류의 동물이 살고 있는 듯했다. 이어 우리와 가까운 곳에서 어떤 새가 거칠게 울었다.

"저건 들칠면조의 울음이에요."

일행 중 누군가가 말했다. 들칠면조가 우리 머리 위 나뭇가지로 날아와 앉았다. 순간 얇고 긴 나뭇가지가 휘청거렸다.

"총이라도 있으면, 저것을 잡아 저녁거리로 삼을 텐데……."

나이가 지긋한 한 남자가 말했다. 하지만 우리 중에 총을 갖고 있는 사람은 없었다. 모두 풀이 죽어 모닥불 옆에 털썩 주저앉았다.

"쉬—익"

그때 갑자기 바람 소리를 내며 무언가가 허공을 가르더니 나무에 앉아 있던 들칠면조가 우리 앞에 풀썩 떨어졌다. 순식간에 일어난 일이었다. 놀라움이 채 가시기 전에 반대편 나무 위에서 큰 소리가 들렸다.

"으하하…… 으하하하!"

이번엔 동물 소리가 아니었다. 사람의 유쾌한 웃음소리

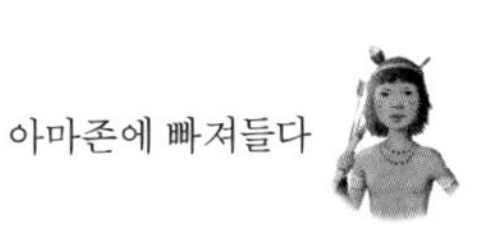

였다.

나는 나무 위를 올려다보았다. 활과 화살을 든 인디언 소년이 나무에서 내려오고 있었다. 모두 그 소년을 보며 마른침을 삼켰다.

"놀라지 마세요. 저는 카라자 부족의 '쿠메와와'입니다. 친구들은 저를 그냥 '쿠와'라고도 불러요. 저는 조금 전까지 강 아래에서 낚시를 하고 있었어요. 그러다 목이 말라 물을 마셨는데 물맛이 평소보다 짰어요. 물속에 소금기가 녹아들었다는 뜻이죠. 그래서 혹시 강 어딘가에 바다를 지나온 배가 가라앉은 것은 아닐까 생각했습니다. 맞다면 사람들이 위험에 처해 있을 수도 있을 것 같아 이렇게 찾아오게 되었어요. 하하하! 들칠면조는 맛이 좋아요. 제가 구워 드릴게요."

"그래……. 반가워, 네 말대로 우리는 배가 좌초되어 지금 이곳에 대피해 있는 거란다. 그런데 정말 물맛이 짜다는 걸로 우리가 위험에 처한 걸 알았단 말이야?"

내가 인디언 소년에게 물었다.

"우리 말로아 할아버지가 말씀하셨어요. '꿀벌이 있는 곳에 꿀도 함께 있다'고."

"……. 무슨 뜻인지 잘 모르겠어. 그나저나 너희 원시 부족은 관광객들을 싫어하잖아? 그런데 너는 왜 우리를 돕겠다는 거지?"

"말로아 할아버지는 이런 말씀도 하셨죠. '어려움에 빠진 사람을 돕는 것은 곧 나를 돕는 거다'."

"그래, 좋아. 그렇다고 치자. 그런데 네가 어떻게 우리를 돕겠다는 거야? 열 살도 안 되어 보이는 꼬맹이가……."

"아닙니다, 전 열두 살이에요. '물고기는 길이로 재지만 사람은 아는 것으로 잰다'. 역시 말로아 할아버지의 말씀이에요."

인디언 소년은 우리와 대화를 나누면서 조금 전에 잡은 들칠면조를 다듬기 시작했다. 먼저 털을 모두 뽑은 뒤 내장을 꺼내 깨끗하게 씻었다.

어디선가 구해 온 와이(Y)자 모양의 큰 나뭇가지 두 개는 불 양쪽에 세웠다. 그 위에 다듬은 들칠면조를 나무 꼬챙이에 끼워 올려놓고 굽기 시작했다.

사람들은 모두 모닥불 근처로 모여 들칠면조가 구워지기를 기다렸다. 나는 인디언 소년을 바라보았다. 의젓한 미소를 짓는 인디언 소년 얼굴에 모닥불이 일렁였다.

나의 새로운 이름은 니쿠찹

—강물에도 길이 있다

드디어 녀석의 모습이 드러났다.

우리를 십여 분 동안 힘들게 한 녀석은

길이가 이 미터나 되는 물고기

'피라쿠쿠' 였다.

"니쿠찹, 저랑 같이 물고기 잡으러 가요!"

이튿날 동이 트기도 전에 인디언 소년이 나를 흔들어 깨웠다.

"쿠메와와라고 했지? 좋았어, 나도 물고기 잡는 일은 자신이 있어! 그런데 방금 나를 왜 니쿠찹이라고 불렀어? 내 이름은 그게 아닌데."

"저희 카라자 부족에서는 얼굴에 수염이 가득 난 사람을 니쿠찹이라고 불러요. 아저씨의 원래 이름이 뭔지는 모르지만 앞으로도 니쿠찹이라 부를 거예요. 이곳은 아마존이고 나는 쿠메와와니까요. 으하하!"

사실 나는 어제 처음 인디언 소년을 보았을 때부터 왠지 모를 친근감이 들었다. '쿠메와와'라는 소년의 이름도, '니쿠찹'이라는 나의 새로운 이름도 마음에 들었다.

"그래, 쿠메와와. 이 니쿠찹과 함께 물고기 사냥을 가 보자고!"

"네, 출발합니다. 배에서 떨어지지 않게 꽉 잡으세요."

강변에는 쿠메와와가 준비한 통나무배가 있었다. 나무 기둥을 잘라 속을 파내 만든 좁고 긴 배였다. 배 안에는 각기 다른 모양의 촉이 달린 화살과 활, 단단하고 예리한 창도 있었다.

"우와, 쿠메와와! 이게 다 사냥 도구야? "

"네, 종류별로 쓰임새가 다르거든요. 여기 보이는 기다란 창은 평소에는 뱃머리에 묶어 두었다가 큰 물고기를 잡을 때만 사용하고요."

배가 물살을 가르며 힘차게 나아갔다. 아마존 열대 지역 기후는 덥고 습하지만 이른 아침의 공기만큼은 신선하고 상쾌했다. 아마존 강 양편은 크고 작은 나무와 수풀이 서로 얽혀 정글을 이루고 있었다.

우리는 강의 가장자리를 따라 노를 저었다. 수많은 동물들의 소리가 숲 전체를 뒤덮고 있었다. 그중 유독 큰 울음소리가 귓가에 꽂혔다.

"울음소리가 엄청 크죠? 고함원숭이예요. 아마 저쪽에 있을 거예요."

쿠메와와는 물소리가 나지 않도록 천천히 노를 저었다. 배는 물에 닿을 만큼 나뭇가지가 늘어진 커다란 땅콩나무 밑에 멈추었다.

"봐요! 저기에 원숭이가 있어요."

나는 나무 꼭대기에 앉아 있는 고함원숭이를 발견했다. 하지만 곧 실망했다. 울음소리가 커서 덩치도 클 거라 짐작했는데 겨우 고양이만 한 크기였다.

"고함원숭이는 목에 달린 바람 주머니에 공기를 잔뜩 넣어 둬요. 몸은 비록 작지만 숨을 내뱉을 때 큰 소리를 내 주변 동물들을 기겁하게 만들죠."

우리는 배에서 내려 나무 아래에 앉았다.

고함원숭이가 있는 건너편 나뭇가지로 큰부리새 두 마

리가 날아들었다. 몸은 검정 깃털로 덮여 있고, 띠 같은 흰 털이 목에 둘러져 있었다.

노란색 부리는 제 몸집 크기만큼 넓고 길었다. 부리가 얼마나 큰지 하늘을 나는 모습은 마치 부리가 몸통을 끌고 가는 것처럼 보였다.

"신기해, 쿠메와와. 저 새는 부리가 저렇게 큰데도 날렵해 보여."

"하하, 큰부리새의 부리는 길고 크지만 속이 텅 비어 있어 무겁지 않아요."

쿠메와와가 손을 뻗어 반대쪽 숲을 가리켰다. 숨은 그림찾기를 하듯 오랫동안 샅샅이 찾은 끝에 쿠메와와가 가리킨 게 뭔지 알 수 있었다. 작은 새들이 나무에 빼곡히 앉아 재잘거리고 있었다.

"저 새의 이름은 벌새예요. 날개가 잘 보이지 않을 정도로 빨리 움직이죠."

"뭐? 저게 새라고? 내 눈에는 나비보다 훨씬 작아 보이는데?"

그렇게 작은 새는 처음 보았다. 나비보다 작은 새도 더러 있었다. 꼬리에 두 가지 색 깃털이 달린 벌새도 있고, 초록색 머리에 붉은 술 장식이 달린 벌새도 있었다. 날개는 제대로 보이지 않을 정도로 빨리 움직였다.

갑자기 재잘거리던 벌새들이 갑자기 입을 다물었다. 다른 동물들도 모두 잠잠해졌다. 일순간 정적이 흘렀다. 쿠메와와가 벌떡 일어났다.

"어서 이곳을 빠져나가야 돼요. 동물들이 위험을 알려주고 있어요."

우리는 서둘러 통나무배에 올라탔다. 노를 저어 강의 중간까지 도망을 쳤다. 무슨 일이 일어날지 궁금했다.

잠시 후, 수풀을 헤치며 거대한 표범 한 마리가 나타났다. 표범은 느릿느릿 강가로 내려왔다. 우리는 숨을 죽인 채 표범을 바라보았다. 표범은 위엄 있는 모습으로 천천히 고개를 내리고 물을 마셨다.

목을 축인 표범은 왔던 길을 다시 느릿느릿 걸어 숲으로 돌아갔다. 그러자 정글에 숨어 있던 동물들이 슬그머니 나와 다시 재잘거렸다.

"이제 표범은 갔어요. 우리도 다시 갈 길을 가자고요."

쿠메와와가 자세를 잡고 노를 젓자 배가 미끄러지듯 유연하게 강물을 타고 내려갔다.

강물을 타고 한참 내려가는데 멀리서 웅웅거리는 소리가 들려왔다. 소리는 배가 앞으로 나아갈수록 점점 커지더니 급기야 귀가 찢어질 것 같은 굉음으로 돌변하기 시작했다. 나는 무슨 일이 벌어질지 몰라 쿠메와와를 쳐다보았다.

"작은 폭포예요. 강을 모르는 사람들에겐 위험한 곳이죠."

주위를 둘러보니 여기저기 물 위로 바위가 솟아 있었다. 강물의 속도도 점점 빨라졌다. 우리는 벌써 폭포로 들어서고 있었다.

배는 이미 급류에 휩쓸려 속력을 내고 있었다. 나는 노를 이용해 방향을 틀어 보려 했지만 마음대로 움직일 수 없었다.

"안 돼요, 니쿠찹! 가만히 계세요!"

쿠메와와의 말에 나는 노 젓기를 멈추었다. 하지만 통나무배가 바위에 부딪혀 깨질까 봐 긴장을 늦출 수 없었다.

쿠메와와는 노를 능숙하게 움직여 가장 천천히 흐르는 급류로 물길을 바꾸었다. 폭포와 가까워질수록 통나무배 속도도 빨라졌다. 까딱하면 눈앞의 저 큰 바위에 부딪힐 터였다.

"니쿠찹, 지금이에요! 힘껏 노를 저으세요!"

"그래! 알겠어."

나는 잡고 있는 노를 더욱 세게 움켜쥐었다. 쿠메와와도 온 힘을 다해 노를 저었다. 큰 바위를 겨우 이 미터 정도 남기고 쿠메와와가 노를 물속으로 비스듬히 넣고 힘을 주었다.

그러자 통나무배가 왼편으로 꺾였다. 배는 바위와 겨우 오십 센티미터 정도의 간격을 남기고 아슬하게 빠져나갔다. 그렇지 않았다면 배는 바위에 부딪혀 산산조각이 났을 것이다.

"니쿠찹, 아직 긴장을 풀면 안 돼요. 앞으로도 이런 큰 바위가 몇 개 더 남았어요."

"뭐라고? 아직도 더 남았다고?"

"네……."

"……."

배는 급류를 몇 번 더 지나서야 잔잔한 강으로 들어섰다. 긴장이 풀려 갑자기 피곤함이 몰려왔다. 나는 뱃머리에 기대어 누웠다. 쿠메와와도 배 뒤쪽에 기대었다. 우리는 서로를 마주보며 미소 지었다.

하늘엔 새하얀 구름이 떠 있었다. 통나무배는 천천히 강물을 미끄러지듯 나아갔다.

"능숙한 네 노질이 아니었다면 우린 빠져 죽었을지도 몰라."

"'물과 야생동물에게 당하지 않으려면 그들을 이해해야 한다'고 말로아 할아버지가 말씀하셨죠."

"그러면 매번 사냥을 나올 때마다 이런 위험을 겪어야 하는 거야?"

"아니에요. 이 길 말고 쉽게 올 수 있는 다른 길도 있어

요. 하지만 전 이 길이 재미있어요."

"뭐라고? 이런…… 너무해 쿠메와와!"

쿠메와와는 한바탕 크게 웃었다. 물살이 점점 느려지고 있었다. 쿠메와와가 몸을 일으켰다.

"여기는 물이 깊어요. 깊은 물일수록 큰 물고기가 살기 마련이죠."

나는 통나무배 뒤쪽에 앉아 쿠메와와가 손짓하는 대로 천천히 노를 저었다.

쿠메와와는 활과 화살을 챙겨 들고 뱃머리에 섰다. 우뚝 선 모습이 동상처럼 보였다. 구릿빛 몸은 연청색의 아침 하늘과 아름다운 조화를 이루었다.

뒷목까지 내려온 검고 매끈한 머리카락, 거기에 연두색 머리띠. 띠 뒤에는 큰 독수리 깃털 하나가 꽂혀 있었다. 팔에 동여맨 노란 끈도 멋스러웠다.

하지만 무엇보다 쿠메와와를 돋보이게 하는 건 그의 양 볼에 새겨진 동그란 모양의 검은 문신이었다. 그 문신은 카라자 부족의 상징이었다.

쿠메와와는 물속을 천천히 노려보더니 활시위를 서서

히 당겼다.

"휘—익"

순식간에 화살은 물속으로 사라져 버렸다.

우리는 화살이 나타나기를 기다렸다. 잠시 후, 화살 끝에 매어 놓은 깃털이 수면 위로 봉긋 올라왔다. 쿠메와와는 화살과 연결된 줄을 당겼다.

화살 끝에는 오십 센티 정도의 물고기가 파닥거리고 있었다. 물고기에 박힌 화살은 빼내고, 고기는 배 바닥에 내려놓았다.

그 후에도 우리는 다섯 마리나 더 잡았다. 나중에 잡은 두 마리는 처음 잡은 물고기보다 훨씬 컸다.

"쉿, 조용히 해 봐요."

쿠메와와가 긴장한 얼굴로 배를 왼편으로 돌리라는 신호를 보냈다. 나는 노를 집어 들었다. 쿠메와와는 화살을 내려놓고 창을 집어 들었다. 날카로운 눈빛으로 창날과 연결된 줄을 훑어보았다. 이번엔 조금 더 큰 물고기를 잡으려는 모양이었다.

쿠메와와는 배에 웅크리고 앉아 한참 동안 말없이 물속을 내려다보았다.

"배를 오른쪽으로 돌려요. 어서요!"

나는 조심스레 노를 저어 방향을 틀었다. 배가 오른쪽으로 천천히 움직였다. 그러자 쿠메와와가 왼팔을 뒤로 젖혀 야구 선수 같은 자세로 창을 힘차게 던졌다.

"에잇!"

이번에도 우리는 창이 물에 떠오를 때까지 기다려야 했다. 얼마 안 되는 시간이었지만 길게만 느껴졌다.

마침내 창끝이 물 위로 떠오르며 배와 연결된 밧줄이 빠른 속도로 풀려 나갔다. 밧줄이 팽팽해지자 배가 한 번 덜컹 흔들렸다.

배는 녀석이 끄는 방향대로 끌려가기 시작했다. 녀석은 우리를 마치 장난감 다루듯 왼쪽, 오른쪽으로 당겼다. 배가 물결을 만들며 요동쳤다.

"니쿠찹! 자세를 낮춰요. 잘못하면 배에서 떨어질 수도 있어요."

나는 물에 빠질까 봐 납작하게 엎드렸다. 녀석의 거센

저항은 십여 분 동안 이어진 뒤에야 수그러들었다. 우리는 줄을 당겨 창을 붙잡은 뒤, 온 힘을 다해 녀석을 끌어 올렸다.

드디어 녀석의 모습이 드러났다. 우리를 십여 분 동안 힘들게 한 녀석은 길이가 이 미터나 되는 물고기 '피라쿠쿠'였다. 무게도 꽤 나가 우리는 서로 낑낑대며 힘겹게 배 위로 피라쿠쿠를 끌어 올렸다.

긴장이 풀려 쉬고 싶은 마음이 간절했다. 나는 피라쿠쿠 옆에 털썩 주저앉았다. 쿠메와와는 창과 밧줄을 정리하고 있었다.

"대단한 실력이야. 어떻게 피라쿠쿠가 거기에 있는 줄 알았지?"

쿠메와와가 지친 기색 없이 말했다.

"모든 동물은 자기 먹이를 찾을 줄 압니다. 사람도 알아야 합니다."

"맞아. 하지만 너는 성인이 아니잖아? 아직 보살핌을 받아야 할 소년이지."

"아닙니다! 자, 여기 제 볼에 있는 검은 문신을 보세요. 저도 이제 어른이라고요."

"그게 무슨 말이야? 내가 이해할 수 있게 설명을 해 줘."

"쉿! 지금은 이걸 설명할 때가 아니에요. 말을 하면 물고기들이 달아나요. 배고픈 니쿠찹 친구들은 지금 우리가 돌아오기만을 기다리고 있잖아요."

"그럼 짧게라도 얘기해 줘. 그 문신이 무엇을 의미하는데?"

"말로아 노인께서 말씀하셨죠. '궁금한 걸 숨길 줄 알아야 진실을 알 수 있다'고."

"……."

그 말은 더 묻지 말라는 뜻이었다. 나는 궁금해서 속이 터질 것 같았지만 겉으로는 애써 무관심한 척했다.

찌릿찌릿 전기뱀장어

—정면 승부! 위험을 비켜가는 법

피라니아는 사람의 손바닥 너비보다 조금 더 컸다.

입은 작았지만, 입 안에는 뾰쪽한 삼각형의 이빨이 두 줄로 나 있다.

마치 기계의 톱니바퀴가 완벽하게

맞물려 있는 것과 같았다.

"이번에는 내가 한번 물고기를 잡아볼게. 쿠메와와가 배를 몰아."

문득 나 혼자 물고기를 잡아 보고 싶은 마음이 들었다.

"그래요. 이번에는 니쿠챱이 직접 잡아 봐요."

나는 뱃머리에 매여 있는 창을 집어 들었다. 이왕이면 큰 물고기를 잡을 생각이었다. 하지만 고기를 잡기는커녕 뱃머리에 균형을 잡고 서 있는 것조차 쉽지 않았다.

물에 빠질 뻔한 순간도 몇 번 있었다. 다행히 시간이 지날수록 조금씩 적응이 되었다. 창을 던질 준비를 하고 사냥감이 될 만한 물고기를 찾아보았다. 하지만 초보 사냥꾼인 내게 제대로 보일 리 없었다.

일렁거리는 물살과 물에 비친 햇빛의 굴절 때문에 구별하기가 힘들었다. 그림자, 나무둥치, 바위 등 모든 게 다 큰 물고기처럼 보였다.

잠시 후, 물고기 한 마리가 눈에 들어왔다. 이번엔 틀림없었다. 물고기는 왼쪽으로 느릿느릿 숨어들었다. 물고기가 다시 모습을 드러냈다. 물고기는 통나무배 바로 아래에 있었다.

"쉿―!"

"……."

"가까이 온다…… 지금이야, 배를 왼쪽으로 돌려!"

나는 창을 든 왼팔을 뒤로 젖혔다가 물고기를 향해 힘껏 내던졌다. 창이 허공을 가르며 물속으로 꽂혔다. 제대로 던진 것 같았다. 나는 물고기가 도망가지 못하도록 뱃머리와 연결된 줄을 단단히 붙잡았다.

"파지지직― 지지직"

그런데 줄을 잡자마자 찌릿한 전기가 내 몸을 휘감았다. 나는 순간적으로 팔다리에 힘이 빠지면서 통나무배에 널

브러졌다. 마치 둔기로 머리를 맞은 것 같이 멍멍했다. 이런 날 보며 쿠메와와가 깔깔 웃었다.

"하하하, 니쿠찹은 전기뱀장어가 뭔지 모르시는군요? 전 알고 있었지만 알려 드리고 싶지 않았어요. 직접 경험해 보는 것이 가장 빨리 배우는 길이니까요."

"뭐야? 짓궂기는……! 경고라도 해 줬어야지."

내 말에 쿠메와와가 씨익 웃으며 줄을 잡아당겼다. 창이 물 위로 조금씩 올라왔다. 창끝에는 긴 전기뱀장어가 꿈틀거리고 있었다. 쿠메와와는 뱀장어를 주시하며 계속해서 줄을 잡아당겼다.

"그런데 쿠메와와, 이해 안 되는 게 있어. 너도 내가 잡았던 줄을 잡고 있는데 왜 감전이 안 되는 거야?"

"하하핫. 왜냐하면 전기를 모두 니쿠찹에게 써 버렸기 때문이에요. 그래서 지금은 전기 없는 그냥 보통 뱀장어일 뿐이죠."

하지만 전기 없는 뱀장어라도 길고 미끄러워 배 안으로 끌어 올리는 건 쉽지 않았다. 뱀장어는 바둥거리며 빠져나가기 위해 애쓰고 있었다. 우리는 어렵게 뱀장어를 배 안으로 끌어 올렸다.

가까이에서 보니 정말 길었다. 나는 이 뱀장어를 내 손으로 직접 잡았단 사실이 믿기지 않았다. 뱀장어 때문에 고생하고 전기에 감전돼 쓰러진 부끄러운 일은 벌써 잊어버렸다.

"사람들에게 돌아가면 내 손으로 직접 뱀장어를 잡았다고 자랑할 거라고. 하하!"

뱀장어는 창에 꽂힌 채 피를 흘리고 있었다. 그 모습이 안쓰러워 아무래도 창을 빼 주는 게 좋을 것 같았다. 나는 뱀장어에게 꽂힌 창을 힘주어 빼냈다. 그런데 창을 뺀 순간, 뱀장어가 몸을 굽혀 회초리 같은 꼬리로 나를 한 대 때리며 통나무배 밖으로 튀어 나갔다.

순식간에 벌어진 일이었다. 나는 뱀장어를 다시 잡기 위해 재빨리 물속으로 손을 뻗었다. 그러자 쿠메와와가 재빨리 다가와 내 팔을 덥석 잡아 올렸다.

"위험해요! 곧 '피라니아'들이 나타날 거예요."

정말 그랬다. 내가 손을 뺀 몇 초 뒤, 피라니아 수십 마리가 나타났다. 수십 마리는 금세 수백 마리로 불어났다.

예전에 피라니아가 어떤 물고기인지 들은 적이 있었다. 하지만 직접 보는 것은 이번이 처음이었다. 피라니아는 사람의 손바닥 너비보다 조금 더 컸다. 입은 작았지만, 입 안에는 뾰족한 삼각형의 이빨이 두 줄로 나 있다. 마치 기계의 톱니바퀴가 완벽하게 맞물려 있는 것과 같았다.

"피라니아는 피 냄새를 맡으면 더 난폭해져요. 물고기이든 동물이든 떼로 달려들어 모조리 먹어 치우죠."

"마치 강물이 부글부글 끓고 있는 것 같아……."

수백 마리의 피라니아들은 뱀장어를 한 조각이라도 뜯기 위해 필사적으로 몰려들었다. 몇 마리는 물 위로 높이 뛰어 오르기도 했다. 일 분도 채 지나지 않아 강물은 다시 조용해졌다. 물 위에는 살점이라곤 하나도 없이 뼈만 앙상하게 남은 뱀장어가 떠올랐다.

"고마워, 쿠메와와. 네가 아니었으면 뱀장어가 아니라 내 팔이 저렇게 앙상하게 변했을 거야."

"'물에서는 피라니아를 조심하고, 땅 위에서는 아첨하는 사람을 조심하라'고 말로아 할아버지가 말씀하셨죠."

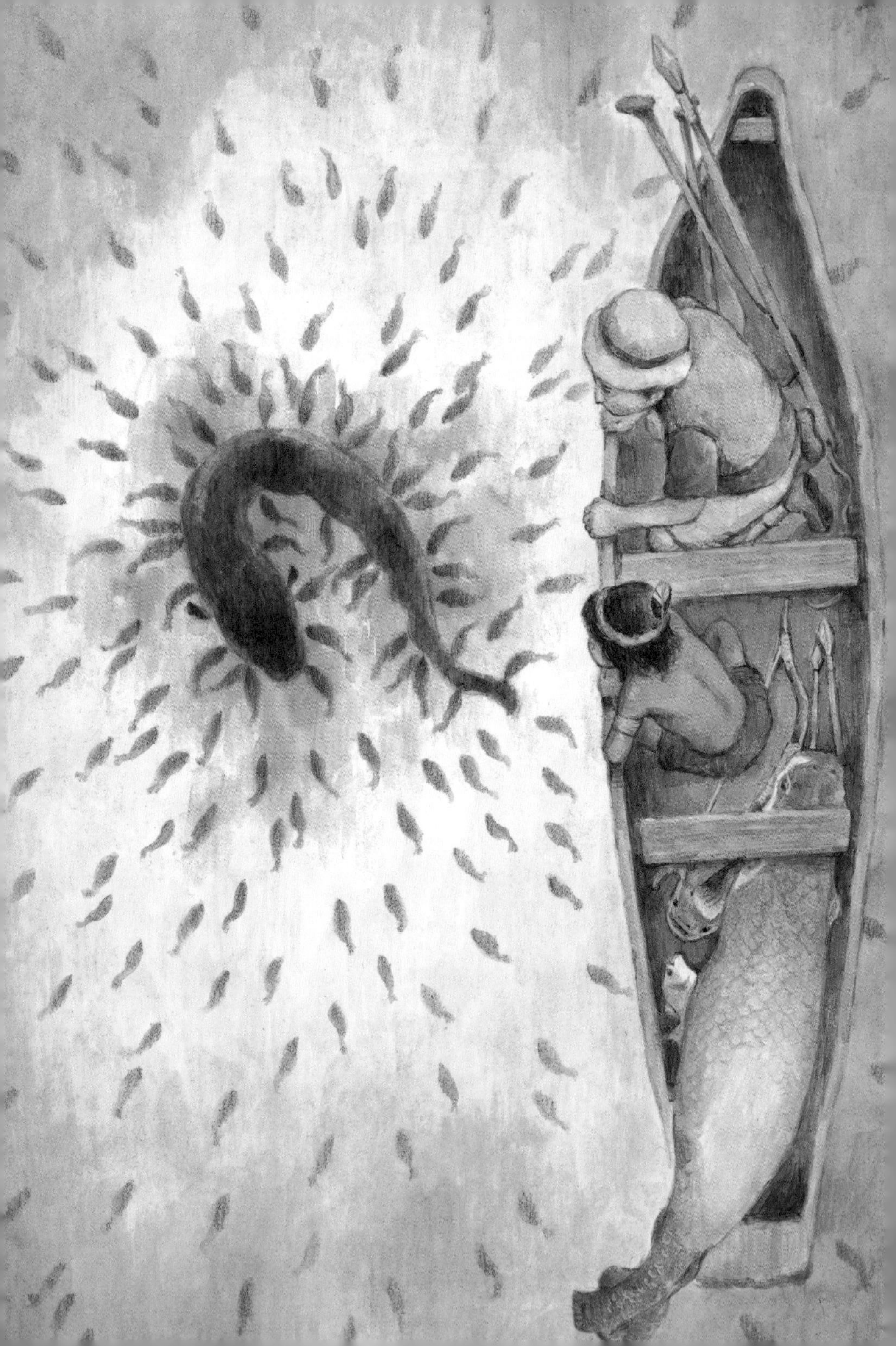

정글에는 늘 예상치 못한 위험이 도사리고 있었다. 다행스럽게도 쿠메와와는 이런 위험한 상황에 대처하는 법을 잘 알고 있었다.

"해가 벌써 저렇게 높이 떠 있으니 이젠 돌아가야 해요. 니쿠찹 친구들이 많이 배고플 거예요."

우리는 강을 거슬러 올라갔다. 물살과 반대 방향으로 노를 저으려니 힘이 들었다. 잠시라도 쉬면 힘들게 거슬러 올라온 만큼 다시 떠내려가기 때문에 멈출 수 없었다.

우리는 곧 작은 폭포가 있던 곳에 다다랐다. 폭포가 바위에 부딪혀 하얗게 부서지고 있었다. 나는 쿠메와와가 어떻게 이 좁은 폭포 주변을 거슬러 지나갈지 궁금해졌다. 노를 젓는 일이 점점 힘에 부치기 시작했다.

"이제 내려요. 내려서 통나무배를 끌고 가야 해요."

"그래, 쿠메와와가 배를 앞에서 끌어, 내가 뒤에서 밀게."

우리는 통나무배에서 내려 모래밭을 따라 천천히 걸었다. 쿠메와와는 한 손으로 배를 끌고 다른 손으로는 벌목칼로 강바닥을 뒤졌다. 뭔가 잃어버린 건지, 아니면 어떤 주술적인 행동을 하는지는 알 수 없었다.

"쿠메와와 지금 뭐 하는 거야?"

"……."

"……."

"쏴아아아아—"

시끄러운 폭포 소리에 쿠메와와는 내 말을 듣지 못했다. 폭포를 거의 빠져나올 때 쿠메와와는 벌목칼을 머리 위로 들어 칼에 잡힌 것을 보여 주었다. 칼끝에는 이상하게 생긴 물고기가 달려 있었다. 큰 접시처럼 평평하고 장밋빛을 띠었지만 투명했다.

폭포를 벗어나서야 서로의 말을 알아들을 수 있었다.

"이건 강에 사는 가오리예요."

쿠메와와는 벌목칼에 찔려 죽은 그 가오리를 구부렸다가 펴 보았다. 쿠메와와는 나에게 가오리의 습성에 대해 몇 가지 설명해 주었다.

"가오리는 주로 얕은 물에 살아요. 모래나 진흙 속에 몸을 숨기죠. 이런 식으로 조용히 지내다가 먹이를 찾을 때만 헤엄을 쳐요. 만약 누군가 가오리를 공격하거나 밟으면, 재빨리 꼬리를 구부려 꼬리뼈의 끝으로 찔러요."

"그 꼬리뼈가 매우 날카로운가 보구나."

"날카롭기도 하지만 진짜 위험한 것은 꼬리뼈에서 나오는 독이에요. 치명적인 독은 아니지만 찔리면 아주 고통스러워요. 크기만 커다랗지 아무 독이 없는 순한 바다 가오리와는 너무 다르죠."

그제야 쿠메와와가 물속으로 벌목칼을 찔러 넣은 이유를 알 수 있었다. 강바닥을 뒤지지 않았다면 가오리의 따끔한 침을 맞았을지도 모를 일이었다.

이후 우리는 두 시간 정도 더 노를 저어 사람들이 있는 곳으로 돌아왔다. 태양이 어느새 우리 머리 위에 올라서 비추고 있었다. 정오였다. 일행은 우리를 보고 큰 환호성으로 반겨줬다.

정글의 성인식

—지는 법을 배워야 이길 수 있다

"정글에는 인간에게 필요한 모든 것이 있어요.

우리가 찾아내기만 하면 되지요.

우선 이 맛있는 물고기부터 든든히 먹어 두세요."

쿠메와와와 나는 잡아 온 물고기들을 배 안에서 꺼내 놓았다.

“우와, 정말 크다.”

“대단해, 도대체 몇 마리를 잡아 온 거야?”

사람들은 칭찬을 늘어놓았다. 잡아 온 물고기들을 깨끗이 씻어 꼬챙이에 끼웠다. 그제야 우리가 잡은 물고기가 몇 마리인지 세어 볼 수 있었다.

“하나, 둘, 셋, 넷…….”

정확히 열여섯 마리였다. 모두 모닥불 주위에 둘러앉아 물고기가 익기를 기다렸다. 노릇노릇 구워지면서 풍기는 고소한 냄새가 코끝을 찔렀다.

"당신이 인디언 소년과 사냥하러 간 사이, 우리는 좌초된 유람선을 끌어와 수리하는 것을 의논해 봤어요. 하지만 유람선을 끌어당길 밧줄이 없어 어쩔 도리가 없네요. 밧줄만 있으면 뱃머리와 강둑의 튼튼한 큰 나뭇가지를 연결해 끌면 될 텐데……."

한 선원이 아쉬워하면서 말했다.

유람선이 물 얕은 곳까지 나오면 선체 외판의 구멍 난 부분을 손질해 항해도 계속할 수 있을 것이라고도 했다.

"밧줄이 필요하다고요? 그럼 점심 먹고 만들면 되죠."

쿠메와와는 대수롭지 않게 말했다.

"하지만 어떻게…… 우리가 어떻게 밧줄을 만들어? 그건 불가능해."

"할 수 있어요. 모두 힘을 합치면 됩니다."

그럼에도 몇 사람이 여전히 의심스러워했다. 쿠메와와는 차분히 설명해 줬다.

"정글에는 인간에게 필요한 모든 것이 있어요. 우리가 찾아내기만 하면 되지요. 우선 이 맛있는 물고기부터 든든히 먹어 두세요."

생선구이는 정말 맛있었다. 그렇게 많이 먹었는데도 물고기가 반이나 남았다. 나머지 절반은 저녁때 먹기 위해 나뭇잎에 싸서 보관해 두었다.

선장이 사람들을 향해 말했다.

"점심을 준비해 준 인디언 소년은 마음씨가 정말 고와요. 인디언 소년이 조난을 당한 우리를 위해 음식을 준비해 주다니 참 아름다운 일입니다. 소년은 대가를 받고 싶어 할 거예요. 그러니 오늘 먹은 음식값을 각자 냅시다. 쿠메와와, 우리가 얼마를 준비하면 될까?"

쿠메와와는 미소를 지으며 대답했다.

"우리 부족은 어려움에 처한 사람들을 기꺼이 도와줍니다. 돈은 필요하지 않아요. 제가 갖고 싶은 것은 모두 정글에 있으니까요."

사람들은 쿠메와와의 대답에 감탄했다. 하지만 어느 중년 남자가 고개를 가로저으며 말했다.

"우리에게 도움을 준 이 작은 친구에게 빚을 지고 싶진 않습니다. 이 주머니에 각자 소신껏 얼마씩 돈을 넣어 주십시오. 그럼 이곳을 떠날 때 인디언 꼬마에게 전하도록

하겠습니다."

사람들은 중년 남자의 제안에 고개를 끄덕였다. 중년 남자는 작은 주머니를 꺼내 모금하기 시작했다.

식사가 끝난 뒤, 우리는 이야기를 나누며 앉아 있었다.

"이보게, 인디언 꼬마. 아까 밧줄을 만들어 준다고 했지? 밧줄이 있는 곳을 지금 가르쳐 주게."

쉬고 있던 선장이 말했다.

"밧줄은 숲에 있어요. 자, 함께 가시겠어요?"

쿠메와와는 자리에서 일어나 정글로 앞장서 들어갔다. 선장과 호기심 많은 사람 몇 명이 쿠메와와를 뒤따라갔다.

몇 걸음 걸어 들어가자 부채 모양의 길고 뾰족한 잎이 달린 나무가 나왔다. 쿠메와와는 맨손으로 나뭇잎 하나를 당겨 꺾었다. 꺾인 자리에 가는 줄 열 가닥이 보였다.

"이게 바로 선장님이 찾으시는 밧줄이에요."

선장은 농담을 즐길 기분이 아니었다.

"이 꼬맹이가 우리를 놀릴 모양이군."

"아닙니다. 저는 사람을 놀리지 않아요. 이 줄을 모아 엮으면 굵고 긴 밧줄이 됩니다. 지금부터 제가 하는 걸 잘 보세요!"

쿠메와와는 여러 가닥의 줄을 허벅지에 올려놓았다. 한 손으로는 줄의 끝을 모아 쥐고, 다른 한 손으로는 새끼를 꼬듯 엮어 갔다.

다른 두 곳의 나뭇잎에서도 여러 가닥의 줄을 뽑아내 같은 방법으로 엮었다. 그렇게 해서 굵고 튼튼한 줄 세 가닥을 만들었다. 쿠메와와는 선장에게 줄을 내밀며 말했다.

"한번 이 줄을 끊어 보세요."

"이 정도 줄쯤이야, 영차…… 끄으응……."

선장과 선원들이 서로 잡아당기며 줄을 끊어 보려 했다. 얼굴이 붉어질 때까지 힘을 썼지만 아무도 줄을 끊지는 못했다. 선장이 말했다.

"질기기는 하군, 하지만 이런 식으로 십 미터짜리 줄을 만들려면 한 달도 더 걸려. 이것으로는 안 돼."

"우리가 힘을 합쳐 일하면 밤이 되기 전에 끝마칠 수 있어요."

"그래? 그렇게나 빨리? 그렇다면…… 속는 셈치고 한

번 해 보지."

"네. 먼저 이런 종려나무를 찾아야 해요. 그런 다음 여러 가닥의 줄을 빼냅니다. 찾다가 모르면 저를 부르세요. 다시 천천히 알려 드릴게요."

우리는 모두 사방으로 뿔뿔이 흩어졌다. 몇 명은 단번에 종려나무 줄기을 뽑아냈지만, 대부분의 사람들은 나무조차 분간할 줄 몰랐다.

"종려나무는 이렇게 잔가지가 없고 줄기 끝에 난 잎들이 부채처럼 벌어져 있어요. 천천히 잘 보세요."

쿠메와와가 친절하게 몇 번씩 더 가르쳐 주자 사람들은 자기가 발견한 종려나무 줄을 한 움큼씩 뽑아 와 보여 주며 뿌듯해했다.

"여러분 중 한 명은 뽑은 줄을 모아 제게 가져다주세요. 제가 혼자 엮을게요."

한 여자가 사람들이 뽑은 줄을 한곳에 모아 쿠메와와에게 갖다 주었다. 쿠메와와는 쓰러진 나무의 그루터기에 자리를 잡고 앉았다. 쿠메와와의 맨허벅지와 손바닥 사이에서 여러 가닥의 줄이 한 개의 긴 줄로 만들어지기 시작했다.

한 청년이 쿠메와와의 동작 하나하나를 한참 동안 유심히 본 뒤, 다가와 망설이며 말했다.

"나도 할 수 있을 것 같은데……."

"그럼요! 누구나 할 수 있어요. 한번 앉아서 해 보세요. 전혀 어렵지 않아요."

청년이 만든 첫 작품은 마디가 거칠었다. 두 번째로 만든 줄은 처음보다 좀 더 나았다. 세 번째 줄은 쿠메와와가 만든 것과 분간이 안 될 정도로 비슷했다. 두 사람이 줄을 엮어 나가자, 또 다른 한 사람이 옆에서 신기해하며 따라 배웠다.

이렇게 세 사람이 힘을 모으자, 사람들이 뽑아다 주는 많은 종려나무 줄을 모두 처리할 수 있었다. 작업은 세 시간 동안이나 계속되었다. 밧줄을 만들겠다는 하나의 목표를 향해 모두 경주하듯 바쁘게 움직였다.

"이 정도면 충분해요!"

쿠메와와는 연필만 한 두께로 엮인 아홉 개의 줄을 내보였다. 모두 합치니 길이가 이십 미터나 되었다.

쿠메와와는 두 젊은이의 도움을 받아, 줄을 하나로 엮기 시작했다. 얼마 되지 않아 유람선에서 사용하는 것과 같은 두께의 밧줄이 마련되었다.

"여태껏 써 본 밧줄 중에 다른 어느 밧줄보다도 튼튼하군. 내일이라도 유람선을 끌어올 수 있겠는걸?"

"와우~."

선장의 말에 사람들이 탄성을 질렀다. 사람들은 쿠메와와를 믿음직한 눈빛으로 바라봤다.

어느덧 저녁이 되었다. 우리는 모닥불 주위에 모여 앉아 휴식을 취하고 있었다. 어느 아주머니가 쿠메와와를 한동안 바라보더니 물었다.

"얘야, 네 볼에 있는 두 개의 검은 원이 무엇을 의미하는지 말해 주겠니?"

"볼에 그려진 둥근 무늬는 '오마루로'라고 해요."

"오마루로?"

"네. 이 문신은 성인이 되었음을 알려주는 우리 부족의 상징이에요. 카라자 부족의 소년, 소녀들은 오마루로를 받을 날을 고대하고 있어요. 남자는 이 문신을 받아야만 우리 부족의 진정한 일원이 될 수 있거든요."

"문신이 있어야 부족의 진정한 일원된다고?"

"네. 이 오마루로가 있어야 다른 사람들과 함께 사냥을 할 수 있고, 집회나 춤 모임에 참석할 수도 있어요. 예쁜 아가씨라도 만나면 아내가 되어 달라고 구혼할 수도 있지요. 마찬가지로 여자들도 오마루로를 받아야만 여자로 인정받을 수 있어요. 다른 사람들과 함께 일할 수 있고, 즐길 수 있고, 결혼도 할 수 있는 거죠. 그러나 오마루로를 얻는 것은 쉽지 않아요. 나이만 찼다고 그럴 수 있는 게 아니거든요. 정글 속에서 다른 사람의 도움 없이 살아가는 시험을 거쳐야 해요."

나는 쿠메와와의 부족 아이들이 어떻게 자라나는지 궁금했다.

"시험? 어떻게 보는 시험인데?"

"우리 부족 아이들은 어릴 때부터 자연에 익숙해져요.

카라자 남자들은 다섯 살이 되면 활쏘기를 배워요. 마치 당신들이 글을 배우는 것처럼 말이죠. 활을 배울 나이가 되면 아버지가 작은 활을 만들어 줘요.

일곱 살이 되면, 혼자서도 활과 화살을 만들 수 있지요. 나뭇잎 속에서 줄을 뽑아 엮는 것도 배우고, 화살촉도 스스로 구하고요."

"겨우 일곱 살짜리 아이가 날카로운 화살촉을 스스로 만든다고?"

"네. 하지만 그렇게 위험하지만은 않아요. 그때쯤 되면, 부족 어른들을 따라 사냥도 나가요. 어른들을 따라 활도 쏘아 보지만 물론 잘 잡지는 못해요. 하지만 어른들은 어리숙한 행동을 보고도 비웃지 않아요. 언제나 용기를 북돋아 주세요. 때로는 제 뒤에 다른 추장님이 있다가 제가 사냥감을 못 맞히면 뒤에서 활을 쏘아 사냥감을 잡아요."

"추장?"

"네. 우리 부족의 추장님이요. 추장님은 마른 나뭇가지로 불을 피우는 법도 알려 주세요. 오랫동안 힘들게 비벼서 겨우 불을 피우죠. 물론 수영도 할 줄 알아야 해요. 어른들이 종종 일부러 통나무배를 뒤집어 수영을 꼭 배우게 만들지요. 아버지가 통나무배를 만들 때면, 제가 옆에서 아버지를 많이 도와요. 아버지란 제게 언제나 좋은 배움터이니까요."

"그렇다면 그 시험은 언제 보는 거지?"

"매년 부족의 노인들은 그해 성인식을 치를 열한 살에서 열네 살 사이의 아이들을 뽑아요. 작년에는 열 명의 아이들을 뽑았는데 그중에 저도 있었어요. 아이들은 부족을 떠나 일 년 동안 밖에서 살아야 해요. 실제로 강과 정글에서 야영도 하고, 사냥도 하고, 물고기도 직접 잡았어요. 우리 부족에는 늘 위대한 사냥꾼 테오로가 있어요. 테오로는 우리가 모르는 모든 것을 가르쳐 줘요. 테오로는 우리가 실수를 할 때마다 이기는 법도 배워야 하지만 지는 법도 배워야 한다고 말해 줘요."

"하지만 성인식 기간 중 마지막 한 달은 소년들만 따로 남게 돼요. 사냥꾼 테오로도 없죠. 부족 어른들은 소년들이 마을 근처로 돌아올 수 없게 눈썹과 머리카락을 짧게 밀고 온몸에 검은 분을 칠해 두어요.

한 달 뒤, 우리가 건강한 모습으로 마을로 돌아오면 그동안 배운 것을 보여 주는 큰 시험을 치러야 해요. 와타우 추장님이 우리에게 여러 개의 동물 발자국을 보여 주면서 무슨 동물의 것인지 물어 보시죠. 발자국을 따라가 그 동물을 사냥도 해 와야 하고요. 수영 시합도 해요. 우리끼리 작은 집 한 채도 재빨리 지어야 하죠. 부족 사람들 모두가 그런 우리를 지켜보지요.

모든 시험이 끝나면, 부족 어른들은 우리를 성인으로 생각 해줘요. 그리고 가장 중요한 의식이 시작되지요. 늙은 주술사 오아레테가 자기 담뱃대의 둥근 뿔에 불을 붙여 제 볼 위로 세게 누르는 거예요. 둥근 뿔이 볼에 닿으면 살이 타 들어가요."

"정말이니? 뜨겁고 아픈데도?"

"당연히 아프죠. 눈물이 나올 정도로 아파요. 하지만 저는 주먹을 불끈 쥐고 참았어요. 고함을 지르고 싶었지만 말을 하거나 신음조차 내면 안 되거든요. 진정한 성인으로서 사냥꾼이 되려는 소년이 고통을 참지 못하고 소리를 지르거나 울면 큰 수치예요.

주술사는 담뱃대로 지진 제 볼 위의 작은 원 안에 검은 분을 넣어 줘요. 그러면 시간이 지나 이런 문신 모양이 되는 거죠. 이건 영원히 지워지지 않아요. 오마루로를 얻은 뒤, 함께 성인식을 치른 친구들을 쳐다봤어요. 친구들도 고통에 지쳐 얼굴이 창백해졌지만 눈빛만은 행복하게 빛나고 있었지요. 그날이 내 삶 중 가장 위대한 날이었어요."

"……."

쿠메와와는 그렇게 말한 뒤, 한참 동안 말이 없었다.

사람들도 말이 없었다. 나는 정글의 교육법에 대해 생각해 보았다. 이날 밤 이후, 사람들은 더 이상 쿠메와와 얼굴에 있는 검은 원에 대해 묻지 않았다.

삶아 먹은 거북이 알

—자연은 모든 것을 알고 있다

" '모르는 것은 죄가 아니다,

하지만 알면서도 행동에 옮기지 않는 것은 큰 죄다'.

역시 말로아 노인의 말이에요. 걱정 말아요.

내가 설명해 줄게요."

다음 날 아침, 사람들은 일찍 일어났다. 선원과 사람들이 모여 좌초된 유람선을 끌어 올리기로 한 날이다.

유람선 선장이 조용히 내 옆으로 다가와 말했다.

"오늘도 저 꼬마 인디언이 우리를 위해 사냥을 좀 해 주었으면 합니다. 그가 원하면 함께 가십시오. 두 사람은 벌써 친해진 것 같아요, 당신이 따라나서면 꼬마 인디언도 반가워할 겁니다."

쿠메와와와 함께하는 사냥은 내게도 즐거운 일이었다. 나는 야영지 주변을 빙 둘러보았다. 쿠메와와가 뭔가 바쁘게 준비하고 있었다.

"뭘 그렇게 서두르니?"

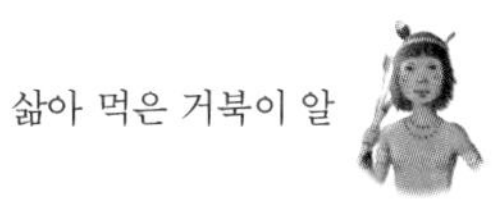

"사냥할 때 쓸 화살을 준비하고 있어요. 저와 함께 가시는 거죠?"

"물론이지. 그런데 화살 종류가 왜 이렇게 많아?"

"사냥할 동물이 모두 다르기 때문이에요. 자, 보세요. 창처럼 생겼죠? 이건 대나무를 날카롭게 해 끝이 뾰족해진 화살이에요. 가장 튼튼한 화살이죠. 표범을 만났을 때 우릴 지켜줄 거예요. 이걸로 맥이나 산돼지도 사냥하고요."

"신기해, 다른 것도 더 보여 줘!"

"이 검고 단단한 나무로 만든 화살은 물고기를 사냥할 때 적당해요. 이 화살은 대나무 화살과 모양이 비슷해 보이지만 훨씬 더 탄력이 좋아요. 주로 사슴이나 개미핥기 같은 큰 동물을 사냥하는 데 좋아요."

"동물 뼈로 화살촉을 만든 것은 뭐야?"

"바로 이것이에요. 원숭이 뼈로 만든 이 화살은 원숭이를 잡는 데 써요. 가오리 꼬리로 만든 저 화살은 큰 새를 잡을 때 사용하고요. 가운데에 작은 공이 놓이고 뾰쪽한 날개가 뻗어 있는 이 화살은 작은 새를 잡는 데 쓰지요. 끝이 뭉뚝한 뼈로 된 이 화살은 새를 죽이지 않고 잡을 때 사

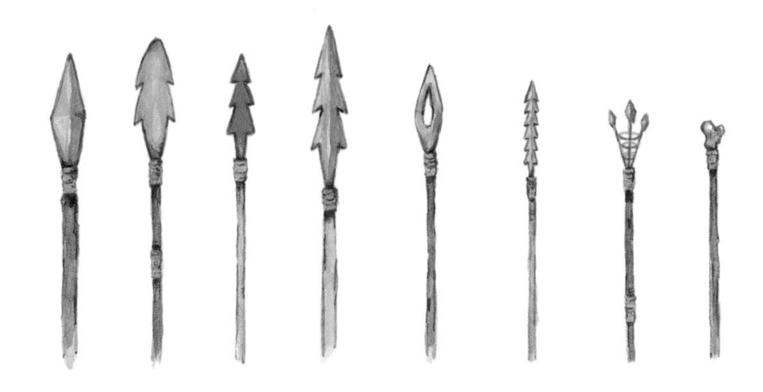

용해요. 새가 화살에 맞아 기절하면 뛰어가 생포하면 돼요. 새가 정신이 들었을 땐 이미 새장 속에 있겠죠."

"쿠메와와, 역시 너는 꼼꼼해."

"이 정도는 기본이라고요."

나는 쿠메와와를 따라 통나무배를 탔다.

"근데 새를 잡으려면 숲으로 가야 하지 않을까?"

"맞아요. 숲으로 갈 거예요. 하지만 먼저 이 근처에 있는 거북이 알을 찾을 거예요. 거북이 알은 이른 아침에 찾는 게 편하거든요."

"그런데 쿠메와와 거북이 알도 먹을 수 있어?"

"거북이 알 먹어 본 적 없어요? 얼마나 맛있다고요!"

"먹기는커녕 알을 직접 본 적도 없어, 계란은 많이 보고 많이 먹어 봤지만 말야."

통나무배에 올라탄 우리는 울창한 원시림의 강둑을 따라 노를 저어 갔다. 울퉁불퉁하고 긴 넝쿨이 엉킨 큰 나무들이 여러 그루 보였다. 이윽고 모래밭에 다다르자 배를 멈추었다.

"여기서 거북이 알을 찾을 거예요. 저기 거북이 발자국 보이죠?"

"셀 수 없이 많네. 뭐가 뭔지 모르겠다. 저기에 거북이 알이 있다는 것을 어떻게 알 수 있지?"

"저기 둥근 발자국 보이나요? 저게 거북이 발자국이에요. 어제저녁, 거북이들은 뭍으로 기어 나와 높은 강둑으로 올라왔어요. 거북이는 다른 동물들 몰래 구멍을 파요. 사람 무릎 정도 되는 깊이에요. 밤이 오면 그곳에 알을 낳아 두지요. 구멍은 모래로 메우고, 자기 등껍질을 이용해 근처 모래 표면을 편편하게 해 둬요. 그러면 도마뱀이나 원숭이 같은 다른 동물들이 그곳을 지나가도 알아차리지 못하게 되는 거죠. 일을 끝내면 다시 물속으로 들어가요. 저기도 거북이 발자국이 있네요."

"저기 말이구나. 그런데 표면 쪽에 큰 구멍 두 개가 보이는데? 벌써 누군가 거북이 알을 빼낸 것 같아!"

"아뇨, 아직 있어요. 모래 위를 보세요. 오늘 새벽에 어떤 새가 물을 먹으러 왔어요. 발자국으로 봐서 큰 두루미 같아요. 물을 마시고 나서 돌아가려는데 거북이 발자국을 발견한 거예요. 두루미는 거북이 알이 먹고 싶어 알을 찾으러 갔지요. 두루미도 거북이 알을 좋아하거든요. 그런데 그때 뭍으로 나오던 악어를 만나고 만 거예요. 중간에 꼬리 자국이 있는 악어 발자국 보이지요? 악어는 먹이를 찾고 있을 때가 가장 위험해요. 닥치는 대로 아무 동물이나 공격하거든요."

"그래서 설마 두루미가 죽은 거야?"

"아니요. 끝까지 좀 들어 봐요. 물론 두루미는 날 수 있으니까 목숨은 구할 수 있었죠. 하지만 거북이 알에 대한 욕심을 떨칠 수 없었나 봐요. 결국, 두루미와 악어의 싸움이 시작됐어요. 깃털 몇 개가 흩어져 있고, 모래 위에 핏자국이 남아 있네요. 저기 있어요. 싸움에서 이긴 후, 악어는 계속 기어갔어요. 저기 흔적이 있어요."

"그래. 저기 위에 있는 구멍은 알을 찾기 위해 판 것 같아."

"맞아요. 하지만 악어는 알을 찾지 못했어요. 악어는 다시 물속으로 돌아갔죠."

"악어가 내려가면서 남긴 발자국은 봤어. 오른편에 표범 발자국도 보이네. 발자국들이 거북이 발자국과 포개지는데? 여기도 싸움을 벌인 게 분명하군."

"아니에요. 더 자세히 보세요, 거북이는 어제저녁에 지나갔어요. 어제 지나간 발자국은 이슬이 내려 반짝거려요. 표범 발자국에 이슬이 없는 것을 보면 표범은 오늘 아침에야 지나갔어요. 물을 먹으러 강에 왔다가 조용히 숲으로 돌아갔겠지요."

"오, 그렇구나. 으하하…… 쿠메와와, 역시 대단한 관찰력을 지녔구나."

우리는 통나무배에서 내려 높은 강둑으로 올라갔다. 쿠메와와는 벌목칼을 집어 들어 거북이가 편편하게 해 놓은 모래 표면을 눈짐작으로 쟀다. 그러고는 천천히, 뭔가 의식을 거행하듯이 칼을 모래 속으로 집어넣었다.

칼은 손잡이까지 모래 속에 푹 잠겼다. 잠시 후, 칼을 꺼내 칼끝을 살펴보았다. 쿠메와와는 입가에 웃음을 띠며 칼끝을 내 코밑에 대었다.

"니쿠참 칼끝에 뭐가 묻어 있지요? 한번 냄새를 맡아 봐요."

"킁킁……. 이건 노른자 냄새잖아? 찾았다. 여기야 여기!"

쿠메와와는 그 자리에서 열심히 파내려 가기 시작했다. 몇 분이 지나자 알이 하나 보였다. 골프공처럼 둥글고 하얬다. 하지만 딱딱한 골프공과 달리 말랑말랑하고 탄력이 좋았다.

곧 거북이 알 여러 개가 모래 위로 모습을 속속 드러냈다. 나중에는 수많은 알들이 놓였다. 거북이 알을 헤아려 보았다. 백 개가 넘었다.

생각할수록 신기했다. 거북이 한 마리가 어떻게 이렇게 많은 알을 낳는 걸까? 거북이는 얼마나 자주 알을 낳을까? 거북이는 왜 모래 속에 알들을 숨겨 둘까? 새끼 거북이들은 알을 깨고 나오자마자 어떻게 깊은 모래 구멍에서 빠져나올 수 있을까?

이 모든 의문이 떠올랐다. 하지만 쿠메와와에게 멍청한 모습을 보이긴 싫어 묻지 않았다.

"니쿠찹, 뭘 그렇게 골똘히 생각해요?"

"……응? 아무것도 아니야."

"에이, 뭔데요? 그러지 말고 말해 봐요."

"……사실 이 거북이에 대해서 생각하고 있는 중이야. 너무 신기하고 궁금한데 나는 거북이에 대해 아는 것이 하나도 없어."

"'모르는 것은 죄가 아니다, 하지만 알면서도 행동에 옮기지 않는 것은 큰 죄다'. 역시 말로아 노인의 말이에요. 걱정 말아요. 내가 설명해 줄게요."

쿠메와와의 말에 따르면, 물에 사는 거북이는 길이나 너비가 일 미터 이상 된다고 한다. 거북이는 우기가 시작될 때까지 여러 달에 걸쳐 알을 모은다. 우기는 보통 8월에 시작되는데 그때가 되면 거북이는 모래에 구멍을 파서 알을 넣어 둔다.

우기가 끝나고 다시 날씨가 건조해지면 햇빛이 모래를 마르게 해 거북이 알이 부화할 수 있는 조건이 만들어진다. 그러다 새끼 거북이가 알에서 나올 때가 되면 다시 큰 비가 내린다.

모래가 비에 젖고 강물이 강둑까지 차오르면 알에서 나온 새끼 거북이들은 쉽게 구멍을 빠져나와 강으로 들어간다고 한다.

"자연은 모든 것을 치밀하게 준비하는구나."

나는 정글의 모든 법칙들에 새삼 감탄했다.

" '사람은 모든 것을 생각해야 하지만 자연은 아무것도 생각하지 않는다. 자연은 이미 모든 것을 알고 있기 때문이다'. 말로아 할아버지도 말씀하셨죠."

우리는 거북이 알 열 개를 항아리에 넣어 삶았다. 나는 조심스레 삶은 거북이 알 하나를 집어 들었다. 흰자는 기름 같이 걸쭉했고, 진한 노른자는 모래처럼 까끌까끌했다. 맛은 소금을 친 달걀을 먹는 것 같았다. 이미 거북이는 이곳 사람들이 소금을 구할 수 없는 걸 알고 있는 듯했다.

"거북이 알 찾는 방법을 가르쳐줘서 고마워."

"남는 재산과, 배운 지식은 나누어 주어야 한다. 그래도 그것들은 줄지 않는다."

"그 말도 말로아 할아버지의 말씀인가?"

"네. 하지만 이런 진실은 말로아 할아버지가 아니더라도 알아요. 인디언들 모두 말로아 할아버지과 같은 능력을 조금은 갖고 있다고요."

우리는 어느새 잔잔해진 아마존 강의 물결을 따라 천천히 노를 저어 갔다.

정글에서 가장 위험한 동물

—숲에서는 늘 깨어 있어라

쿠메와와는 멈추지 않고 계속했다.

연기가 충분히 올라오자,

마른 잎을 모아 놓고 온 힘을 다해 조심히 입바람을 불었다.

나뭇잎에서도 연기가 나기 시작했다.

곧이어 불꽃이 타올랐다.

우리가 탄 통나무배는 움푹 들어간 강기슭에 멈춰 섰다. 쿠메와와는 배를 나무둥치에 매었다.

"여기서부터 정글로 걸어 들어갈 거예요."

쿠메와와는 바나나 나무에서 큰 잎 몇 장을 잘랐다. 주변에 있던 나무 속껍질에서 줄이 될 만한 두 가닥 줄기도 길게 뽑아냈다.

자른 바나나 잎으로는 거북이 알을 감싼 뒤, 줄 두 가닥으로 단단히 묶었다. 숲 속 동물들이 알 냄새를 맡고 접근하지 못하게 하려는 조치였다.

쿠메와와는 우거진 수풀을 벌목칼로 자르며 정글의 길을 조금씩 열어 나갔다. 우리는 막 잠에서 깨어난 이른 아침의 정글 속으로 들어온 것이다. 마치 새로 태어난 기분이 들었다. 정글의 동물들도 캄캄했던 지난밤이 답답했는지 반가운 소리를 내며 우리를 반기는 것 같았다.

"이렇게 일찍 출발하니 참 좋군. 정글의 새날이 시작되는 것 같아."

"말로아 할아버지가 말씀하셨어요. '비온 뒤에 버섯을 따고, 이른 아침엔 동물을 사냥하라!'"

우리는 되도록 정글을 훼손하지 않기 위해 나뭇가지를 적게 자르며 앞으로 나아갔다. 그러다 쿠메와와가 갑자기 멈춰 섰다. 쿠메와와는 낙엽 사이에 찍혀 있는 동물 발자국을 가리켰다.

"표범이 여길 지나간 지 30분도 채 안 됐어요."

선명하게 남은 표범의 발자국을 보니 오싹한 기운이 느껴졌다.

"표범이 아마존 강에서 가장 위험한 동물이라는데 정말 그러니?"

"표범이 가까이 있으면 정말 그렇죠. 하지만 우리와 멀리 떨어져 있을 땐 그렇게 위험하지 않아요."

"위험하지 않다고? 쿠메와와. 넌 언제나 철학적으로 얘기하는구나. 방금 그 말도 말로아 할아버지가 하신 말씀이야? 그러니까……."

나는 하던 말을 끝맺을 수 없었다. 이야기 도중 이상한 소리를 들었기 때문이었다. 그 소리는 우리와 점점 더 가까워졌다.

"산돼지들이에요. 어서 나무 위로 올라가야 해요!"

나는 영문도 모른 채, 쿠메와와의 도움으로 옆에 있는 나뭇가지 위로 급히 올라갔다. 몇 초도 안 되어 산돼지가 떼로 몰려들었다. 산돼지들은 침을 흘리며 저돌적으로 달려왔다.

긴 무리의 산돼지가 나무 바로 아래 길로 지나갔다. 만약 우리가 피하지 않았다면 산돼지들에게 밟히거나 물어뜯겼을 것이다.

산돼지들은 숲 속을 헤쳐 달리며 모든 풀들을 짓밟고 망가뜨렸다. 우리는 그 모습을 불과 몇 미터 위에서 목격했다. 기분이 이상했다. 떨고 있었는지 나도 모르게 두 손을 꼭 움켜쥐고 있었다.

그런데 쿠메와와는 그 와중에도 산돼지를 잡으려고 활과 화살을 준비하고 있었다. 나는 산돼지들 중에 가장 덩치가 큰 녀석을 손으로 가리켰다.

"저 녀석을 잡아!"

"안 돼요. 저 녀석을 죽이면 다른 녀석들이 우리가 올라와 있는 나무를 공격해 올 겁니다. 나무를 쓰러뜨리고 우리도 갈가리 찢어 버릴 테죠. 산돼지는 복수심이 강하거든요. 다른 녀석들이 눈치채지 못하도록 저 무리의 맨 뒤에 있는 녀석을 맞춰야 해요."

쿠메와와는 내 귀에 대고 고래고래 소리를 질러 알려 주었다. 그렇게 크게 고함치지 않으면, 산돼지들이 이빨을 부딪치는 소음 때문에 말을 알아들을 수 없었다.

이윽고 산돼지 무리가 정글 속으로 사라지고 있었다. 시끄러운 소리도 조금씩 잦아들었다. 쿠메와와는 무리에서 제일 뒤처져 달려가는 산돼지를 향해 화살을 날렸다.

"야호, 명중이야!"

우리는 나무에서 내려와 산돼지에게 다가갔다. 산돼지는 커다랗고 굽은 이빨 두 개가 턱까지 삐져나온 중간 크기의 녀석이었다. 무게는 오십 킬로그램 이상 될 것 같았다.

“어떻게 이 큰 산돼지를 운반하지?”

“먼저 구운 뒤, 가져가면 됩니다. 성냥 있나요?”

“아니, 안 가져왔지 뭐야. 어쩐담……. 어떻게 불을 피우지?”

쿠메와와는 당황하지 않았다. 쿠메와와는 주위를 둘러보더니 쓰러져 있는 마른 종려나무 쪽으로 갔다. 쿠메와와는 벌목칼로 나무둥치를 잘라 두 개의 마른 나무 조각을 마련했다.

한 개는 평평한 판을 만들고, 다른 한 개는 막대로 사용했다. 나무둥치 위에 앉아 발로 판을 땅에 누르고, 그 위로 막대를 수직으로 세웠다. 쿠메와와는 막대를 판에 대고 그 막대의 끝을 계속 누르며 두 손바닥으로 비비기 시작했다.

약 십 분 정도가 흘렀다. 쿠메와와의 이마에는 굵은 땀

방울이 흐르고 있었다.

"쿠메와와, 연기가 피어오르기 시작했어."

쿠메와와는 멈추지 않고 계속했다. 연기가 충분히 올라오자, 마른 잎을 모아 놓고 온 힘을 다해 조심히 입바람을 불었다. 나뭇잎에서도 연기가 나기 시작했다. 곧이어 불꽃이 타올랐다.

"불이다! 쿠메와와 불이 지펴졌어."

나는 마른 가지를 모아 불을 크게 피웠다. 깨끗이 손질한 산돼지를 매달아 놓고 타닥타닥 굽기 시작했다. 사냥을 하고 불을 피우느라 힘들었는지 쿠메와와가 내 어깨에 기대어 졸고 있었다. 나는 산돼지구이가 타지 않도록 지켜보았다.

점점 햇빛이 강해졌다. 정오가 되자 나무들이 잎을 열어 본격적으로 빛을 받아들이는 듯했다. 나뭇잎 사이로 빛이 환하게 내렸다.

그때였다.

"쿠메와와. 그런데 어디서 투둑투둑 빗방울이 떨어지는

소리가 들리지 않니? 이상하네 하늘은 저렇게 맑은데?"

자고 있던 쿠메와와가 벌떡 일어나 귀를 기울였다. 쿠메와와의 얼굴이 벌겋게 상기되고 있었다. 나는 쿠메와와가 바라보고 있는 시선을 따라갔다.

노루 두 마리가 뛰어오고 있었다. 자세히 보니 노루뿐만 아니라 다른 동물들도 같은 방향으로 달리고 있었다. 그 사이 빗방울 떨어지는 것 같은 소리는 더욱 커졌다.

"쿠메와와, 무슨 일이야?"

"병정개미예요. 우리도 달아나야 해요! 어서요."

나는 산돼지 떼가 다가올 때처럼 나무 위로 올라가야 한다고 생각했다. 막 나무 위로 올라가려는데 쿠메와와가 어서 내려오라며 붙잡았다.

우리는 산돼지구이를 어떻게든 빼내려고 애썼다. 하지만 고기가 너무 무겁고 뜨거워 쉽게 가져갈 수 없었다.

"니쿠찹. 늦었어요. 산돼지구이는 포기하고 어서 도망쳐야 해요."

"그래도 너무 아깝잖아, 이걸 가져가면 사람들이 얼마나 좋아하……."

나는 말을 다 끝낼 수가 없었다. 이미 개미들은 사정없이 내 다리를 쏘아 대고 있었다. 송곳에 찔린 듯이 따갑고 불에 데인 것처럼 뜨거웠다.

나는 펄쩍펄쩍 뛰었다. 몸에 달라붙은 개미들을 떼어 버리려고 했지만 쉽지 않았다. 한 마리를 떼어 내는 사이 열 마리가 새로 들러붙었다.

다행히 통나무배는 가까운 곳에 매어져 있었다. 쿠메와 와는 배를 밀어 육지와 멀어지게 한 후 배에 올라탔다. 우리는 배에 앉아 수십만 마리의 병정개미가 나무둥치와 나뭇잎, 바위와 초원을 가리지 않고 덮어 버리는 모습을 멀찍이 지켜보았다.

곳곳이 검붉었다. 마치 눈에 보이지 않는 붓으로 검붉게

색칠하는 것 같았다. 개미 떼는 귀를 먹게 할 만큼 크게 웅성거렸다.

"저것 좀 봐. 우리가 피워 놓은 모닥불로 개미 떼가 지나고 있어."

병정개미들은 불도 겁내지 않았다. 불길로 달려드는 병정개미들은 불에 타 죽었다. 하지만 그 뒤에 오는 수십만 마리의 개미들은 동료들의 시체를 밟고 꺼진 불 위를 지나갔다. 더욱더 많은 병정개미들이 모여들어 한 무더기로 엉겨 붙었다.

처음에는 축구공만 한 크기였다가 나무에 붙어 있던 개미들까지 합류하면서 눈덩이처럼 불어났다. 눈으로 보고 있어도 믿기지 않는 광경이었다. 수십만 마리의 개미들이 모두 그 공에 붙은 것 같았다. 그 거대한 덩이는 강으로 향했다. 개미 덩이는 반대편 강둑에 도착할 때까지 앞으로 굴러갔다.

"……."

"……."

그동안 우리는 아무 말도 하지 않고 침만 꼴깍 삼켰다. 병정개미들은 반대편 강둑에 도착했다.

"이제 저 개미 덩어리는 부서져요. 그리고 병정개미는 다시 제 길을 가죠. 병정개미들은 자신이 정한 목표를 향해서라면 물불을 가리지 않아요. 다른 동료들을 위해 먼저 불길에 뛰어들거나 강을 건널 때 덩이의 가장자리에서 물에 휩쓸려 죽기도 하지요."

"자기를 희생하는 특별한 모습이군! 인간은 동물들에게 배울 점이 많구나."

다시 뭍으로 나온 우리는 다리를 살펴봤다. 개미들이 쏜 침 때문에 생긴 상처가 온 다리를 뒤덮였다. 우리는 불을 피웠던 곳으로 다시 갔다. 불은 없고 재만 남아 있었다.

잿더미 위에는 우리가 구워 놓은 산돼지의 뼈만 남아 있었다. 그 작은 개미들이 산돼지구이를 깨끗이 먹어 치운 것이다. 우리는 아쉬움에 입맛을 다시며 남은 산돼지 뼈만 애처롭게 바라보았다.

"사람도 마찬가지예요. 부상을 당하거나 깊은 잠에 빠져 있다 달아나지 못하면, 저것과 똑같이 됩니다."

"물에 뛰어들지 않고 나처럼 나무 위로 대피하려는 사람도?"

내가 덧붙여 말했다.

"정글에서 가장 무서운 동물이 뭐냐고 아까 물었죠? 이제 답을 찾았네요."

"병정개미 떼 말이구나. 그래, 말로아 할아버지도 그런 말씀을 하셨는지는 모르지만 오늘 경험으로 충분히 그 답을 알 것 같구나."

꼬리를 잡고 당겨라!

—물은 어디서나 흐른다

쿠메와와는 자기 입에 넝쿨 끝을 가져다 대고,

다른 한쪽을 들어 올렸다.

그러자 넝쿨 안에서

샘물처럼 깨끗한 물이 흘러나왔다.

병정개미들에게 산돼지구이를 뺏긴 우리는 더 깊숙한 정글로 들어갔다. 발을 내딛을수록 원시의 정글은 더 엉켜 있었다. 벌목칼로 나뭇가지들을 잘라 가며 길을 내었다. 우리는 나뭇가지에 부딪히고, 가시에 찔리기도 하면서 천천히 나아갔다.

내가 앞장서서 길을 만들고 있을 때였다. 갑자기 쿠메와와가 내 허리춤을 아주 세게 잡았다. 하마터면 땅에 넘어질 뻔했다. 나는 조금 화가 나서 말했다.

"무슨 일이야? 이런 장난을 치면 어떻게 해!"

"땅에 앉아요, 니쿠찹!"

쿠메와와는 큰 소리로 말하고는 내 옆에 웅크리고 앉았다.

앞을 쳐다봤다. 나뭇가지 위에 있던 보아뱀 한 마리가 똬리를 풀며 천천히 내려오고 있었다. 길이가 사 미터가 더 되어 보이는 큰 뱀이었다.

갈색과 흑색 무늬로 장식된 볼록한 몸은 아름다움을 뽐내고 있었다. 하지만 그런 상황에서 뱀의 아름다움이 눈에 들어오지 않았다.

“니쿠챱! 조금도 움직이지 말아요.”

쿠메와와가 아주 작은 목소리로 속삭였다.

우리는 보아뱀이 반대 방향으로 기어갈 때까지 꼼짝 않고 앉아 있었다. 독은 없지만 보아뱀은 아주 위험한 동물이다. 보아뱀은 잡으면 긴 몸을 이용해 먹이를 친친 감은 뒤, 온 힘을 다해 옥죄어 뼈를 부숴 버린다.

그런 다음 고무처럼 입을 크게 늘려 먹이를 한입에 삼킨다. 후에는 배 속에서 완전히 소화될 때까지 꼼짝하지 않는다. 어떨 땐 소화시키는 데 보름도 넘게 걸린다.

보아뱀이 사라지자, 우리는 다시 자리에서 일어섰다.

“고마워, 쿠메와와.”

나는 내 목숨을 또다시 구해 준 쿠메와와에게 고맙다고

말했다.

"'사람의 눈이 두 개인 것은 주변을 더 잘 관찰해야 하기 때문이다'. 말로아 할아버지가 말씀하셨어요."

"내가 이 정글에서 살아남으려면 눈이 네 개여도 부족할 것 같아."

"에이, 니쿠찹! 네 개 갖고 되겠어요?"

"뭐라고? 쿠메와와! 자꾸 놀리기야?"

"으하하……."

"……."

다시 길을 가려는데 쿠메와와가 멈추어 주위를 살폈다. 우리 왼편에 뭔가가 부스럭거리고 있었다. 그건 내가 한 번도 본 적 없는 아르마딜로였다.

우리를 보고 위험을 느낀 아르마딜로는 몸을 공처럼 둥글게 말았다. 삼각형 모양의 머리와 긴 꼬리만 밖으로 보일 뿐이었다. 하지만 놀란 아르마딜로는 죽은 척을 하는 듯 한동안 꼼짝 않고 있었다.

쿠메와와는 어렵지 않게 아르마딜로를 붙잡아 나에게

자랑스럽게 보여 주었다. 그런데 쿠메와와가 줄로 묶으려는 순간, 아르마딜로는 몸을 펴서 숲으로 재빨리 달아났다.

쿠메와와도 곧장 따라갔다. 가시덤불이 많아 쿠메와와는 바짝 뒤쫓지 못했다. 나도 앞을 가로막는 넝쿨들을 자르며 뛰어갔다.

"늦었어. 쿠메와와 저 언덕에 있는 굴로 아르마딜로가 들어갔어. 오늘은 뭔가 안 되는 날인가 봐. 사냥감을 두 번이나 놓쳤잖아."

"아직 끝난 게 아니에요. 말로아 할아버지가 말씀하셨어요. '모든 실패를 다 겪고 난 후에 불가능을 말해라'. 저 녀석이 들어 간 흙 굴속으로 연기를 불어 넣어 다시 나오게 하면 돼요. 다시 한 번 불을 만들게요."

쿠메와와는 다시 불을 피웠다. 그동안 나는 불을 지필 작은 나뭇가지들을 충분히 모아 왔다. 불은 나뭇가지를 태우며 탁탁 타올랐다.

우리는 가지에 불을 붙여 아르마딜로가 사라진 굴 안으로 쑤셔 넣었다. 마른풀도 충분히 넣었다. 푸른 나뭇잎도 보이는 대로 주워 와 굴 입구에 밀어 넣었다. 푸른 연기가 짙게 피어올랐다.

쿠메와와는 싱싱하고 긴 종려 나뭇잎 하나를 잘랐다. 능숙한 솜씨로 구부리니 큰 부채가 되었다. 쿠메와와는 굴 앞에 웅크리고 앉아 부채질를 했다. 더 많은 연기가 굴 안으로 들어갔다.

“니쿠참은 나뭇가지와 나뭇잎을 더 주워 와요. 연기를 더 많이 내야겠어요. 특히 저 골짜기에 있는 나뭇가지들을 많이 가져와요. 더 짙은 연기가 나거든요.”

쿠메와와는 최선을 다해 부채질을 했다. 온몸에서 땀이 줄줄줄 흐르고 있었다. 나는 주워 온 나뭇가지들을 불에 넣었다.

이제 굴은 연기로 가득 찼다. 굴의 틈새에서도 연기가 새어 나왔다. 아르마딜로가 굴속에서 움직이는 소리도 여러 번 들려 왔다.

“아르마딜로 성질이 사나워졌어요. 이제 녀석은 어찌 할 바를 모를 거예요. 연기가 매워서 이리저리 부딪치다가 이곳으로 나오려고 할 거예요."

"쿠메와와, 콜록콜록— 아르마딜로가 나오기 전에 내가 먼저 질식하겠어."

굴 안에 있는 아르마딜로의 발소리가 점점 빨라지고 있었다. 마침내 연기를 못 참고 뛰쳐나온 아르마딜로가 모습을 드러냈다.

"쿠메와와! 녀석이 나왔어. 콜록콜록—"

"……."

쿠메와와는 손에 들고 있던 부채를 내던지고 굴 입구로 몸을 던졌다. 쿠메와와를 본 아르마딜로는 다시 몸을 돌려 연기 가득한 굴 속으로 들어가려 했다.

사냥꾼의 손에 잡히기보다 숨이 막혀 죽는 쪽을 택하려는 것 같았다. 하지만 날쌘 쿠메와와는 벌써 양손으로 아르마딜로의 꼬리를 붙잡고 있었다.

"니쿠찹! 니쿠찹…… 도와줘요! 어서 꼬리를 잡아요!"

"응! 알겠어."

나도 몸을 날려 녀석의 꼬리를 붙잡았다. 우리에게 잡히기 싫은 아르마딜로의 힘은 대단했다. 힘겨루기는 한참

동안 계속되었다. 아르마딜로는 끝까지 도망치려고 바동거리면서 커다란 발톱을 이용해 바닥을 파댔다.

쿠메와와가 벌목칼 자루로 녀석을 내리쳐 기절시키고서야 우리는 아르마딜로를 손에 넣을 수 있었다. 우리는 그 자리에 주저앉아 가쁜 숨을 돌렸다.

"시원한 물을 마시고 싶어. 목이 말라."

"물이요? 잠깐만 기다려요."

"……."

"자, 물 마셔요. 니쿠찹!"

내 말을 들은 쿠메와와가 자리에서 일어나 긴 넝쿨을 잘라 왔다. 나는 쿠메와와가 놀리는 줄 알고 피식 웃었다. 내가 믿지 못하자, 쿠메와와는 자기 입에 넝쿨 끝을 가져다 대고, 다른 한쪽을 들어 올렸다. 그러자 넝쿨 안에서 샘물처럼 깨끗한 물이 흘러나왔다.

"물 넝쿨은 못 들어 봤군요? 이건 정글 어디에나 있어요."

"아직 못 들어 봤어. 그런데 이건 또 어디서 배웠니?"

" '시간과 필요가 가장 훌륭한 스승이다'. 누가 그런 말씀을 하셨는지는 아시죠?"

"그럼, 알지. 말로아 할아버지! 아마존 정글에 사는 현명한 노인."

나는 물 묻은 입가를 닦으며 말했다.

정글에서의 마지막 밤

—너와 내가 함께 만든 평화

"물을 마시는 아침과 늦은 오후의 정글은

한없이 평화로워요…….

이때는 서로 공격하지 않지요."

우리는 강물을 거슬러 야영지로 돌아가고 있었다. 배 밑에는 거북이 알을 싼 꾸러미와 잘 묶어 놓은 아르마딜로 한 마리, 푸른색 앵무새 한 마리, 맥 한 마리가 놓여 있었다.

새는 쿠메와와가 화살로 잡은 것이다. 쿠메와와는 아주 멀리 있는 사냥감도 잘 맞혔다. 내가 놀란 표정을 짓자 쿠메와와는 사냥꾼 테오로는 자신이 맞힌 것보다 두세 배 먼 곳의 목표물도 쏴 맞힌다고 말해 주었다.

맥은 멧돼지와 비슷했다. 쿠메와와는 맥이 아마존 정글에서 가장 두꺼운 가죽을 가진 동물이라고 했다. 우리는 노를 저어 유람선이 있는 곳으로 돌아왔다.

"니쿠찹! 저기 좀 봐요. 저 큰 배가 니쿠찹이 타고 온 배예요?"

"어디? 어디?"

나는 깜짝 놀랐다. 유람선이 강변 가까운 곳으로 옮겨져 있던 것이다. 선체도 반 이상 물 위로 올라와 있었다.

선원들과 남자들이 밧줄을 길게 늘어뜨리고 나란히 서 있었다. 그들은 큰 나무 기둥에 우리가 만든 밧줄을 걸친 뒤 유람선을 뭍으로 끌어내고 있었다. 이대로 간다면 유람선 수리는 별 무리 없이 진행될 듯했다.

"저기 사냥 나갔던 꼬마 인디언이 온다."

"어서 와! 오늘은 많이 잡았어?"

몇몇 사람이 우리를 발견하고 손짓을 했다. 일에 열중하던 선원들도 우리를 반갑게 맞아 주었다.

"다들 잠시 쉬도록 하지."

수리 일을 지휘하던 선장은 사람들의 성화에 못 이겨 휴식 명령을 내렸다. 남자들이 우리 주위로 몰려들었다. 모닥불 근처에 있던 여자들과 아이들도 통나무배에서 내리는 우리를 향해 달려왔다.

사람들은 배를 끌어올리는 일을 시작한 아침부터 점심까지 아무것도 먹지 못한 상태였다. 그래서 그들의 관심은 나와 쿠메와와보다 우리가 사냥해 온 동물에 있었다. 나와 쿠메와와가 사냥감을 올려놓자, 사람들은 탄성을 질렀다.

"우와! 이 정도면 우리가 며칠을 먹고도 남겠어."

젊은 세 사람이 자신들 어깨에 쿠메와와를 태웠다. 환호와 탄성을 지르며 불 주위를 몇 바퀴 돌며 행진을 했다.

"이렇게 많은 음식을 가져오다니. 너는 훌륭한 사냥꾼이야. 네가 없었다면 우리는 계속 굶고 있었을 거야!"

인디언을 위해 모금하자던 중년 남자가 말했다. 그러나 쿠메와와는 칭찬을 못 들은 것처럼 행동했다. 쿠메와와는 태연하게 웃음만 지을 뿐이었다.

사람들은 배를 끌어올리는 작업에 다시 몰두했다. 쿠메와와와 나는 몇몇 사람의 도움을 받아 사냥해 온 동물을 깨끗이 손질해 점심을 마련했다. 쿠메와와는 숲 속으로 들어가 나무뿌리를 한 움큼 들고 돌아왔다.

그 뿌리는 정글에 자라는 향신료의 일종으로, 고기 구울 때 양념으로 쓸 수 있다고 했다. 이곳에서 구할 수 있는 유일한 양념이었다. 쿠메와와는 돌을 쥐고 그 뿌리를 빻았다. 나는 손으로 빻은 가루를 집어 입에 털어 넣었다.

"에취! 이건 붉은 후추 같은 맛이구나. 에취, 에취—."

"으하하 니쿠참, 이건 향이 강해서 아주 조금씩만 먹어야 한다고요. 으하하하!"

멀리서 선장의 목소리가 들려 왔다. 이어 큰 기합 소리가 들렸다. 큰 나무의 둥치에 걸쳐 놓은 밧줄이 팽팽해지며 탁탁 소리를 냈다.

"하나…… 둘…… 셋…… 이때다!"

우리가 타고 온 유람선이 조금씩 움직였다. 기합 소리가 울려 퍼질수록 유람선은 점점 뭍으로 다가오고 있었다.

"점심 식사하러 오세요!"

사람들은 하던 일을 멈추었다. 배가 고프기는 선장도 마찬가지였다. 모두 음식이 준비된 모닥불로 달려왔다. 거북이 알과 아르마딜로 고기가 사람들에게 골고루 돌아가고도 남았다.

껍질을 벗겨 낸 아르마딜로 고기는 말랑말랑하고 부드러웠다. 하지만 향신료를 많이 찍어 나처럼 재채기를 하는 사람은 없었다.

잡아 온 맥과 앵무새는 내일을 위해 남겨 두기로 했다. 우리는 맥과 앵무새를 지금 구울 것인지 내일 구울 것인지 의논했다. 누군가 쿠메와와의 의견을 들어 보자고 했다. 쿠메와와가 말했다.

"말로아 할아버지는 말씀하셨어요. '날고기는 동물을 부르고, 구운 고기는 사람을 부른다'."

우리는 그 말의 뜻을 선뜻 이해할 수 없었다. 사람들은 고개를 갸웃거리며 남은 고기를 구웠다. 하지만 다음 날 아침이 되어서야 그 말을 이해할 수 있었다.

오후에는 배를 끌어내는 작업이 계속되었다. 뱃머리까지 모습을 드러냈을 때, 우리는 배의 균형을 유지하기 위해 배 뒤쪽에도 큰 밧줄을 걸었다. 해질 무렵이 되어서야 인양 작업은 마무리 되었다.

우리는 나무 기둥이 유람선 선체를 뚫고 들어온 모습을 볼 수 있었다. 다행히 외판 덮개만 부서져 있었다. 선장은 내일 점심 즈음이면 완전히 수리될 거라고 말했다. 그렇게 된다면, 우리는 내일 오후에 다시 항해를 할 수 있을 것이다.

"그럼, 오늘이 이곳에서의 마지막 밤인가요?"

나는 다시 항해를 할 수 있어 기뻤지만 한편으로 쿠메와와 헤어진다고 생각하니 슬픈 생각이 들었다.

"그렇소이다. 우리 중 누구도 이곳에 더 머무르기를 원치 않을 겁니다."

나는 선장의 말을 반박하고 싶었다. 내 마음을 읽기라도 한 건지 쿠메와와가 저만치에서 나를 쳐다보고 있었다. 눈빛에는 아련한 슬픔이 담겨 있었다.

오늘의 작업이 다 끝났다. 어떤 사람은 나무 밑둥에 드러누웠고, 다른 사람은 강가로 몸을 씻으러 갔다.

"니쿠찹, 보여 줄 게 있어요."

쿠메와와가 살며시 다가와 말했다. 쿠메와와는 아직 햇빛이 들어오는 숲으로 나를 데리고 갔다.

"니쿠찹과 산책하고 싶은 곳이 있어요. 이 근처에 동물들이 물을 마시러 오는 호수가 있거든요. 같이 가요."

"응 좋아. 나도 어떤 호수인지 궁금해."

쿠메와와는 작은 오솔길로 걸어 들어갔다. 오솔길은 여러 동물의 발자국으로 뒤덮여 있었다. 동화책을 읽어 주듯 쿠메와와는 그 발자국의 주인들을 하나하나 나에게 말해 주었다.

우리는 강 가까이 있는 커다란 나무에 기어 올라갔다. 나무 위에 걸터앉으니 극장 좌석에 앉은 것처럼 편안했다. 강도 잘 보이고 오솔길도 잘 보여 전망도 더할 나위 없이 좋았다.

"저건 무슨 소리지? 아기 울음소리가 들려!"

"쉿! 원숭이예요."

쿠메와와는 낮은 목소리로 대답한 뒤, 자신의 검지를 내 입술에 대며 동물들이 우리 존재를 알아차리면 안 된다고 했다.

우리 옆에 있는 나뭇가지가 흔들리더니 원숭이 가족이 내려왔다. 몸집이 큰 수컷 원숭이가 먼저 내려오고, 뒤따라 등에 어린 새끼를 업은 암컷 원숭이가 내려왔다. 원숭이 가족은 강가로 가서 물을 마셨다. 물속에 몸을 담그고 장난도 쳤다. 암컷 원숭이는 새끼 원숭이의 몸을 씻겨 주기도 했다.

한참 구경하고 있는데, 우리가 자리 잡은 곳 아래에 또 다른 동물이 느릿느릿 모습을 나타냈다. 물을 마시러 온 개미핥기였다. 몸은 개와 닮았고, 늘어진 꼬리는 걸을 때마다 흔들렸다. 몸은 검은색 털로 덮여 있었는데, 꼬리 쪽에는 흰 줄이 있었다. 머리는 오십 센티 정도로 길쭉하고 입은 뾰족했다. 개미를 먹고 사는 개미핥기는 오솔길을 걸어가는 내내 개미들을 집어 삼키려고 가늘고 긴 혀를 자꾸 날름거렸다. 둥글게 굽은 발톱 때문인지 걷는 게 어색해 보였다. 그래도 개미핥기의 움직임에는 어딘가 모르게 근사한 분위기가 흘렀다.

쿠메와와가 슬며시 내 손을 잡았다. 나는 몸을 돌렸다. 순간, 나도 모르게 소리를 지를 뻔했다. 그곳엔 표범이 있었다. 햇빛이 깃든 것 같이 보송보송한 노란 털에 검은 점박이가 선명히 박혀 있었다. 유연한 몸을 뽐내듯 경쾌한 걸음이었다. 내 심장은 더욱 세게 뛰었다. 정글의 왕이 바로 우리 아래로 걸어가고 있었기 때문이었다.

원숭이 가족과 개미핥기는 표범이 다가오는 것을 모르는 것 같았다. 표범이 호숫가에 도착하자마자 잡아먹힐 운명이었다. 꼭 쥔 손에 땀이 흘렀다. 하지만 내가 걱정한 일은 일어나지 않았다.

놀라웠다.

원숭이 가족은 여전히 귀여운 새끼에게만 관심을 쏟고, 개미핥기는 길고 뾰쪽한 머리 절반을 물에 넣은 채 꺼낼 생각도 하지 않았다. 그런데도 표범은 호숫가 한편에 얌전히 앉았다. 표범은 마치 온순한 고양이처럼 물을 마시려고 혀를 할짝할짝 내밀었다.

나는 쿠메와와에게 이게 어떻게 된 일이냐는 눈길을 보냈다. 이 상황은 정말 설명이 필요했다.

"물을 마시는 아침과 늦은 오후의 정글은 한없이 평화로워요……. 이때는 서로 공격하지 않지요."

쿠메와와가 속삭였다. 그런 거였구나. 동물들은 아침과 오후의 몇 시간 동안은 평화협정 같은 것을 맺는다고 했

다. 그때에는 천적을 만나도 서로 공격하지 않는다. 정글의 비밀을 아직 잘 모르는 나에겐 이해하기 어려운 일이었다.

표범은 물을 마신 뒤, 두 다리를 쭉 뻗어 졸린 듯이 하품을 했다. 그런 뒤 혀로 자기 털을 천천히 골랐다. 어느새 호숫가로 사슴과 물소와 흰 새 같은 동물들이 더 몰려들었다.

동감

—동물들도 다 아는 진실

말노아 노인은 말씀하셨어요.

'동물은 배가 고플 때만 동물을 죽인다.

사람이 그런 동물보다

더 어리석은 짓을 하진 말아야 한다.'

"니쿠찹, 오늘은 우리가 함께 지내는 마지막 날이네요. 니쿠찹이 오후에 떠나면, 저도 이제 부족으로 돌아갈 거예요."

쿠메와와가 크게 웃으며 말했다. 하지만 과장된 몸짓에는 우리가 좀 더 함께했으면 하는 아쉬움이 담겨 있는 듯했다.

새날이 밝아 오자, 우리는 불 주위로 모였다. 어제 구워 놓은 고기들이 부위별로 나무에 매달려 있었다.

"니쿠찹. 만약 어제 고기를 굽지 않고 매달아 두었다면 지금쯤 하나도 남아 있지 않았을 거예요. 밤새 피 냄새를 맡은 야생동물들이 깨끗이 해치웠을 테니까요."

"아! 이제야 '날고기는 동물을 부르고, 구운 고기는 사람을 부른다'는 말로아 노인의 말이 이해가 가는걸."

"여러분, 다들 조용히 해 보세요. 여기 있는 어린 인디언 덕분에 우리가 먹을 양식은 걱정하지 않아도 되었어요. 우리 각자 조금씩 더 보탭시다."

모금을 맡고 있는 중년 남자가 말했다. 사람들은 모금주머니 속에 동전을 몇 개 더 채웠다.

쿠메와와가 무심하게 돌아서며 말했다.

"니쿠찹, 우리 같이 파인애플 따러 가요."

"파인애플? 맛있겠다. 어서 가자."

오솔길을 따라 다시 정글로 들어갔다. 어제 우리가 잘라 놓은 많은 나뭇가지들이 그대로 있었다. 나는 한동안 아무 말도 않고 있다가 말을 건넸다.

"근처에 파인애플이 있는 건 어떻게 알았어?"

"우리가 어제 사냥해 온 맥의 코에 파인애플 가시들이 붙어 있었어요. 맥은 아주 두꺼운 털이 있어서 가시가 몸에 붙었는지 느끼지 못해요. 녀석은 아마도 잡히기 두 시간 전쯤에 파인애플을 먹었을 거예요. 위장에 싱싱한 파인애플이 들어 있었거든요."

초원으로 들어서자 쿠메와와는 걸음을 멈추고 내 손을 잡았다. 눈짓으로 키 작은 나무들로 둘러싸인 초원을 가리켰다. 큰 노루 두 마리가 평화롭게 그곳에서 풀을 뜯고 있었다. 우리가 옆에 있는 것도 모르는 것 같았다.

"노루 고기도 먹을 수 있니?"

"그럼요. 정말 맛이 정말 좋죠."

쿠메와와는 그 자리에 서서 휘파람을 불었다. 노루의 울음소리를 흉내 내는 것 같았다. 노루 두 마리가 쿠메와와의 휘파람 소리에 고개를 들어 쳐다보았다. '휘이이익—' 소리가 들릴 때마다 노루의 귀가 쫑긋쫑긋 움직였다.

쿠메와와는 활과 화살을 바닥에 내려놓고 천천히 노루들에게 다가갔다. 노루들은 다가오는 쿠메와와의 두 눈을 바라보고 있었다. 쿠메와와는 그중 한 마리의 목을 쓰다듬었다. 털은 매우 윤기가 흘렀다. 노루는 가만히 있었다. 쿠메와와는 노루의 등도 쓸어 주었다. 노루의 목을 껴안기도 하고, 얼굴을 노루의 얼굴에 가까이 대기도 했다.

“노루는 이렇게 쓰다듬어 주면 좋아해요. 니쿠찹도 해 보세요.”

구경만 하던 나도 노루에게 천천히 다가갔다. 나머지 한 마리 노루에게 다가가 목을 쓰다듬어 주었다. 내가 노루의 얼굴을 만지려는 순간 갑자기 노루가 펄쩍 뛰었다. 순식간에 두 마리 노루가 모두 숲 속으로 사라졌다.

“나는 노루를 정말 사랑해요. 이렇게 만나면 쓰다듬어 주고, 말할 수 있고, 좋은 친구가 되어요. 활을 들고 있을 때처럼 사냥감으로 대하지 않아요.”

나는 당황했다. 이제까지 쿠메와와는 사냥감이라면 절대로 놓치지 않는 타고난 사냥꾼이었기 때문이다. 이를 눈치챈 쿠메와와가 말을 꺼냈다.

“지금 니쿠찹과 친구들의 음식은 충분해요. 더 이상 사냥할 필요가 없어요. 우리 둘의 아침밥으로 먹기에 노루는 너무 크고요. 말노아 노인은 말씀하셨어요. ‘동물은 배가 고플 때만 동물을 죽인다. 사람이 그런 동물보다 더 어리석은 짓을 하진 말아야 한다’.”

쿠메와와가 새롭게 보였다. 이전보다 훨씬 대견스러웠

다. 쿠메와와는 다시 활을 집어 들고 걸어 나갔다.

가까운 풀숲에서 부스럭거리는 소리를 듣게 되었다. 축구공만 한 크기의 거북이었다. 거북은 우리를 보자 도망을 치기 시작했다. 속도는 느렸지만 나는 거북을 잡을 수가 없었다. 등껍질이 너무 미끄러웠고 더구나 위협적으로 보이는 발톱도 갖고 있었다.

"으하하하하!"

"쿠메와와야! 그렇게 웃지만 말고 좀 도와주지? 좀!"

내 서툰 모습을 보고 한바탕 웃던 쿠메와와는 활 끝으로 거북을 뒤집어 버렸다. 거북은 다리를 흔들며 뒤집힌 채 그 자리서 맴돌았다. 쿠메와와가 거북이를 들어 올리며 말했다.

"이것이면 우리 아침밥으로 적당하겠어요."

벌목칼로 거북을 때려 기절시켰다. 피운 불 위로 거북을 올려놓았다.

거북이를 굽기 위해 모닥불 주위에 앉아 있을 때에도 쿠메와와는 여전히 사방을 두리번거렸다. 나무 밑동을 발로

차 보기도 했다. 쿠메와와가 나무를 찰 때마다 나뭇잎이 우수수 떨어졌다. 쿠메와와가 갑자기 나에게 말했다.

"꿀 좋아해요?"

"당연히 좋아하지. 그런데 구할 수 없는 음식은 이야기는 하지 마. 더 먹고 싶어잖아."

"파인애플에 꿀을 발라 먹으면 더욱 맛있어요. 니쿠찹이 거북이를 굽는 동안, 나는 저 나무에서 꿀을 구해 올게요. 저기 높은 곳에 나 있는 작은 구멍 보이지요?"

쿠메와와가 높은 곳을 가리켰지만, 내 눈에는 잘 보이지 않았다.

벌집이 있다는 나무는 개울 건너편에 있었다. 개울은 상당히 깊어 보였고 주위에 가시덩굴들이 자라고 있었다.

"쿠메와와! 저 가시들 때문에 반대편으로 못 넘어가겠어. 꿀은 그냥 다음에 먹자!"

"기다려 봐요. 내게 생각이 있어요."

쿠메와와는 잠시 주위를 살피더니 나무의 한 줄기를 자신의 키 높이 정도로 잘랐다. 힘을 다해 겉껍질을 벗겨 내고 속껍질을 꼬자 자유롭게 휘는 줄이 되었다. 쿠메와와는 먼저 그 줄에 매달려 탄력이 있는지 시험해 보는 것도 잊지 않았다. 괜찮다고 생각했는지 높은 나뭇가지에 줄을 엮었다.

"치이익 휘릭—"

양손과 발로 줄기를 꽉 잡고 쿠메와와는 힘껏 뛰어올라 개울을 사뿐히 넘었다. 맞은편 언덕에 풀썩 착지한 쿠메와와는 마치 아무 일도 일어나지 않았다는 듯 태연했다.

쿠메와와는 벌집이 있는 나무로 다가가 십 미터 높이나 되는 곳까지 올라갔다. 두 발에 걸어 둔 줄은 조심스레 풀어 허리와 나무를 같이 묶었다. 이제 떨어질 걱정 없이 두 손을 자유자재로 쓸 수 있었다.

쿠메와와는 벌목칼로 벌집 입구를 넓혔다. 빈 넓어진 구멍으로 야생 벌집이 보였다. 다행히 야생벌들은 집에서 키우는 벌처럼 쏘지 않았다. 쿠메와와는 구멍 속으로 손을 넣어 벌통을 꺼낸 뒤, 준비해 간 대나무 통에 꿀을 짜 넣었다. 중간중간 손에 묻은 꿀을 핥아먹기도 했다.

"으음, 정말 맛있어요. 이 세상에 꿀보다 맛있는 건 없

을 거예요!"

"쿠메와와! 그런데 꿀은 땅에 내려와서 맛보는 게 어때? 여기서 보고 있는 내 다리가 다 떨린다고!"

대나무 통에 꿀을 가득 채운 쿠메와와는 나무에서 가볍게 내려왔다. 그리고 줄을 걸어 다시 개울을 훌쩍 뛰어넘었다. 쿠메와와는 나에게 꿀을 보여 주려고 서둘러 달려왔다.

쿠메와와는 넓은 잎을 가져와 꿀통 입구를 막은 뒤 줄로 단단히 묶었다. 그렇게 하여 꿀이 새지 않고 안전하게 운반할 수 있게 되었다.

나는 구운 거북이를 잘랐다. 거북이 요리를 다 먹은 쿠메와와는 기대하라는 표정으로 눈을 반짝이며 말했다.

"좀 전에 내가 나무 위에서 본 게 뭔지 모르죠? 이 근처에 파인애플 나무가 있어요. 이제 그곳으로 갈 거예요!"

우리는 십 분 정도 걸어 들어갔다. 이윽고 파인애플에 도착했다. 나무 높이는 기껏해야 일 미터 남짓이었지만 나뭇잎은 칼 모양처럼 날카로웠다.

“니쿠참, 저게 다 파인애플이에요. 내 말이 맞죠?”

쿠메와와가 양팔을 벌려 파인애플을 소개했다. 쿠메와와는 커다란 가시가 빽빽이 둘러싸인 나무들을 씩씩하게 헤쳐 가며 길을 만들어 갔다. 때때로 파인애플을 내 발 아래로 던져 주었다. 창피한 일이지만, 나는 긴 장화를 신고서도 쿠메와와가 맨몸으로 만지고 있는 파인애플의 가시가 두려웠다.

“이제 그만, 쿠메와와 벌써 서른다섯 개째야. 더는 못 들고 간다고!”

“알겠어요. 나도 오랜만에 파인애플을 봐서 조금 욕심이 났어요.”

쿠메와와는 파인애플 껍질을 벗겨 작게 잘랐다. 그리고는 꿀을 발라 내 입 안에 넣어 주었다. 나는 쿠메와와의 말이 거짓이 아님을 확인했다. 파인애플과 꿀이 어우러진 맛은 생전 한 번도 먹어 보지 못한 음식의 맛이었다.

우리는 파인애플을 야영지로 가져가기 위해 나뭇가지 두 개를 잘랐다. 나뭇가지의 양 끝에 파인애플을 여덟 개씩 달아 어깨에 맨 뒤, 균형을 잡기 위해 한 개씩 더 올려놓았다. 우리는 땀을 뻘뻘 흘리며 야영지로 돌아갔다. 어깨가 무척 아팠지만 사람들에게 나눠 줄 생각을 하니 마음이 흐뭇했다.

보이지 않는 둥근 원

—정글의 가족이 되다

두 번, 세 번, 여러 번 비슷한 거리를
씩씩하게 저어 갔다. 배는 점점 멀어지며 작아지더니
마침내 지는 태양에 물든 하늘과 강의 오렌지색 빛이
통나무배를 숨겨 버렸다.

선원 네 명이 강에 들어가 유람선을 고치는 데 열중하고 있었다. 유람선 선체의 구멍 난 부분은 이미 수리가 끝났고, 그 부분을 더 단단히 하기 위해 주변을 덧대고 있었다.

점심을 먹은 뒤, 파인애플을 반쪽씩 먹었다. 나머지 반쪽은 배 안에서 먹기 위해 가지고 갔다. 사람들은 파인애플을 먹으며 즐거워했다. 며칠 만에 맛 본 유일한 과일이었다.

일행 중 절반은 유람선을 강 가운데로 밀고, 나머지 사람들은 유람선이 쓰러지지 않도록 밧줄을 잡았다. 몇 번의 시도 끝에, 유람선을 깊은 물에 옮겨놓는 데 성공했다. 닻도 내렸다. 선원들이 진흙 묻은 갑판과 실내를 청소했다.

몇몇 사람들이 선원들을 도왔다. 다른 사람들은 물에 젖은 짐을 갑판으로 가져와 말렸다. 며칠 동안 물에 잠겨 있어서 어떤 물건은 형체를 알아보기 힘들 정도로 변했다. 각양각색의 물건이 펼쳐진 작은 유람선은 마치 장터 같았다. 한 중년 남자가 갑판에 올라와 사람들을 불렀다. 쿠메와와를 위한 모금을 주도했던 그 남자였다.

"쿠메와와, 우리를 열심히 도와준 자네의 노력에 진심으로 고맙단 말을 전하고 싶네. 이건 자네를 위해 우리가 마련한 돈이야. 자, 받게나."

"돈은 필요하지 않습니다. 제게 필요한 것은 전부 정글에서 구할 수 있어요."

중년 남자는 쿠메와와의 말에 개의치 않고 돈주머니를 통나무배 안으로 던져 놓았다. 쿠메와와가 말없이 나의 손을 잡았다. 쿠메와와는 통나무배 바닥만 바라보고 있는 것 같았다.

"전에 말했듯이 정글에서는 돈으로 사야 하는 게 아무것도 없어요. 다들 다시 가져가세요. 그렇지 않으면 깊은 강바닥에 두고 올 거예요."

쿠메와와가 단호한 표정으로 사람들에게 말했다. 나는 어색한 침묵을 깨려고 입을 열었다.

"쿠메와와, 유람선 타 본 적 있어?"

"아뇨."

"그럼, 내가 유람선을 구경시켜 줄게."

선장도 유람선 구경을 허락했다. 나는 쿠메와와의 손을 잡고 유람선 안을 천천히 돌아다녔다. 유람선은 물속에 사흘이나 빠져 있던 까닭에 몹시 더러웠다. 그래도 쿠메와와는 유람선에 있는 물건 하나하나를 모두 신기해하며 내게 질문을 했다. 마치 내가 처음 정글에 들어갔을 때처럼 말이다.

선장이 출항 준비가 끝났다며 승객들에게 알렸다. 나는 내가 쓰고 있던 벙거지 모자를 벗어 쿠메와와에게 주었다.

"받아, 네게 잘 어울릴 거야. 그리고 누가 줬느냐고 물으면 친구 니쿠참이 주더라고 말해."

모자를 받아 든 쿠메와와의 눈은 눈물이 고인 듯 반짝였다. 쿠메와와는 자신의 통나무배로 내려갔다. 뭔가 말하려는 듯 입술을 움직였지만, 나는 알아들을 수 없었다.

유람선의 뱃고동 소리가 울창한 정글을 가르며 울려 퍼졌다. 나는 쿠메와와를 지켜보고 있었다. 쿠메와와는 모자가 바람에 날아가지 않게 손으로 붙잡고 나를 올려다보았다. 나도 눈물을 애써 감추며 빙긋 웃어 보였다.

그때였다. 갑자기 쿠메와와가 활을 들어 허공을 겨누더니 강 위로 저물어 가는 둥근 태양을 향해 화살을 쏘았다. 화살은 허공으로 높이 솟구치며 포물선을 그리다 강물에 꽂혀 물속으로 들어가 버렸다. 우리는 날아가는 화살을 눈으로 따라갔다.

"니쿠참! 잠깐 고개를 숙여 봐요."

나는 고개를 숙여 쿠메와와의 얼굴을 바라보았다. 쿠메와와는 손으로 내 양 볼에 동그란 원을 그렸다.

"눈에 보이지는 않지만 언제나 니쿠참의 얼굴에는 이 쿠메와와가 그린 둥근 원이 그려져 있을 거예요. 이제 니쿠참도 어엿한 정글의 가족이니까요."

유람선에서 내린 쿠메와와는 화살이 떨어진 곳으로 배를 저어 갔다. 물살을 타고 빠른 속도로 노를 저어 갔다. 화살이 떨어진 곳을 향해 나아갔다.

두 번, 세 번, 여러 번 비슷한 거리를 씩씩하게 저어 갔다. 배는 점점 멀어지며 작아지더니 마침내 지는 태양에 물든 하늘과 강의 오렌지색 빛이 통나무배를 숨겨 버렸다.

나는 유람선 갑판의 난간에 기댄 채, 손으로 내 얼굴을 만져 보았다. 양 볼에 작고 둥그런 원이 오돌오돌하게 만져지는 듯했다. 나는 쿠메와와가 사라진 곳을 오래도록 바라보았다.

뱃고동이 먼 하늘에 크게 울리며 유람선이 다시 항해를 시작했다.

✢ 옮긴이의 말

저는 여러분을 남아메리카 브라질 중부 아마존 강으로 안내하고자 합니다. 이 작품은 탐험가이자 작가인 티보르 세켈리가 정글을 여행하면서 겪은 체험을 바탕으로 쓴 모험담입니다. 이 책의 주인공은 위험에 빠진 사람들을 돕는 지혜롭고 용감한 정글 소년입니다. 여러분도 아마존 정글의 삶과 우리의 삶을 비교하면서 쿠메와와처럼 지혜로운 사람으로 자라기를 바랍니다. 아무쪼록 이 책이 여러분의 마음을 한껏 울창하고 푸르게 만들어 주었으면 합니다.

세계를 항해하는 수많은 배가 보이는 부산항에서

장정렬

옮긴이 장정렬

1961년 창원에서 태어나 부산대학교 기계공학과와 한국외국어대학교 경영대학원 통상학과를 졸업했다. 현재 에스페란토 전문 번역가로 활동하며, 거제대학교 조선해양공학과 초빙교수로 일하고 있다. 『님의 침묵』, 『하늘과 바람과 별과 시』, 『언니의 폐경』, 『비밀의 화원』, 『미래를 여는 역사』 등의 국내 작품을 에스페란토로 옮겼고, 『봄 속의 가을』, 『초급 에스페란토』, 『국제어 에스페란토』, 『사랑이 흐르는 곳, 그곳이 나의 조국』, 『바벨탑에 도전한 사나이』 등의 에스페란토 작품을 한국어로 옮겼다.

정글의 아들 쿠메와와

2012년 2월 10일 1판 1쇄 찍음
2012년 2월 17일 1판 1쇄 펴냄

지은이 티보르 세켈리
옮긴이 장정렬
그린이 조태겸
펴낸이 손택수
주간 이명원
편집 이상현, 이호석, 박준
디자인 풍영옥
관리 · 영업 김태일, 이용희, 김가영

펴낸곳 (주)실천문학
등록 10-1221호(1995.10.26.)
주소 우121-839, 서울시 마포구 서교동 478-3 동궁빌딩 501호
전화 322-2161~5
팩스 322-2166
홈페이지 www.silcheon.com

ISBN 978-89-392-0671-7 03890